U0022388

英國劍橋大學國王學院 (© ShutterStock)

英國喬斯特市一維多利亞時代的鐘 (© ShutterStock)

澳洲坎培拉畫廊

位於約旦的玫瑰紅城——佩特拉的艾爾卡茲尼 (Al Khazneh) 神殿

位於約旦的玫瑰紅城——佩特拉遺跡

死海

客路相逢

黃光男　著

寫在前面

因為工作的需要，經常往返世界各地，洽公之餘，不禁提筆記錄些許異域風土人情，或是自己的所見所聞。

並不是有意撰寫什麼了不得的文章、或要成為什麼文學作品，只是在公務繁忙時，能張眼看看別人的文化現象，倒是一件很愜意的事，至少能把當時的感想寫下來以備日後回憶。

但是不知哪來的使命感，會自動在一陣感嘆之後，常把臺灣與國際社會的生活現象作一比較，所以文句中偶有突發之言，事實上就文章結構上而言有些不順，尤其有的是當地、當時的即興名詞，列入文章或有突兀，若有詞句不通達的現象發生，還請讀者見諒。

但是情感濃度莫如初見時的純粹，對於異域文化也在這種沒有修飾的簡約中擷取。它是值得再追索、再探求的。

在這裡要感謝三民書局惠允出版。編輯朋友的耐心協助以及本校同仁的謄稿，謝謝。

客路相逢
目次

臥遊埃及

朋友來電說，四月份要到埃及擔任國際版畫展評審，並且說天氣可能不比臺灣溫和，言下之意是很熱了。

是嗎？埃及這個古老的國度，孕育世界文化史，開啟了人類生機與文明，其發展的軌跡必然有重大的傳奇，或說是有它不凡的條件，諸如金字塔、尼羅河、或沙漠風情的印象，都令人有一窺究竟的衝動。

有如巨大神靈籠罩在眼前，似幻又真的傳說或故事，綺麗閃耀，如風絮飛揚，飄散在人類的記憶裡。數不清的愛情，和人類啟智一樣，越久越陳。有些是英雄美人的纏綿事、有些是苦難的圖騰，任誰都得一遍又一遍的翻閱有關埃及的種種。就那些神話傳說吧，那高低起伏的情節，撼動人心的場景，不僅扣人心弦，而且神境之妙，震撼了凡間的大眾，尤其滲入人性的愛情、事業、得道多助的情節，常常是受到陷害後的抒解，這種一緊一鬆，一正一邪的輪迴，在東方不是常以天堂、地獄的二元對比，使人生多了更為繁複的糾葛嗎？

或說埃及不屬於東方，也不在意西方。但神話的內容，都在描繪著東西兩個不同世界輪廓中，兼而有之的擺盪；尤其是神力的使喚，忽東忽西，正如人面獸身的組合，那可詛咒的或加持的力量。正如中國《山海經》中的神靈，往往超過鬼魅的法力，「玉臺凌霞秀，王母怡妙顏」的讚許，不正是人情的投射嗎？而希臘眾神中的宙斯又是如何呢？這些傳之久遠的故事，雖是栩栩如生地展開人性的思考，卻未若埃及更古更旖旎的神力。生前的、逝後的、已知的、未知的交合在一起，使人不知是哪一樣的屬性，究竟在當下，還是未來？

神因人而存，人依神而自在。那麼人的生活與生命，又是怎樣地繁衍著，千古不移的信念又是什麼呢？或許埃及的土，以及埃及的神，主導著埃及人的生存與文明，都是神賜的吧！由古至今，一條貫穿埃及的動脈——尼羅河，綿延數千里。她自古就被稱為「埃及的母親」，她孕育了埃及的百姓，開啟了埃及的文明。因為她的存在，數千年來或更久的年代，由於河水的豐沛，帶動的汛期，千年相濟在被稱為死亡之丘的沙漠高地間，促使河岸三角洲的豐饒，以開羅為首的大都市，或是相聚在河溪的鄉舍，有足夠的生活條件，發展了高度的文化。

這尼羅河與埃及是分不開的，所以希臘人說：「埃及是尼羅河的恩賜。」如此恩賜啊，事實上，尼羅河也賜福了埃及人，以及他們的法老王。這條河脈，原本輸進來的除了物質的豐饒外，也增加了平安、幸福與繁榮。但卻連年在洪水驚悚之後，人們週期性的抗拒與適應。說是逆來順受的習慣，不若想到天命如此。這個天神又是何等的神祕與超能，才給大地帶來肥沃的田園，使人們在此栽植玉米、葡萄、麥、桑，又可養殖牛、羊、雞、鴨等家畜，甚至野生動物馬、象、獅、虎與駱駝等等。幾千年以來，與人們生活最直接相關的牛群與駱駝，不是都成為埃及景象的標幟嗎？而公牛的漩渦是否與蘇美人的崇拜卍有關？還是牛就是人類初期依賴的動力，也是人類最早的好朋友，當今在印度不是有廣大的地方以牛為聖物嗎？哦！扯遠了，但埃及古代神殿壁畫以公牛為首的組合，至今仍然神采奕奕；駱駝就更普遍了，在埃及圖片上，常見埃及人騎在駱駝背上迎著晨曦或夕陽，走過金字塔前的背影，這不正是埃及精神的象徵嗎？儘管在中東地區，或中國的新疆也可看到成群結隊的駱駝，卻不若埃及化的駝影更具真實！

埃及的母親——尼羅河 (© ShutterStock)

或許是環境的影響，有些生物已不在尼羅河兩岸滋長，但沒有這一條埃及母河，如何能提供生命的泉源，包括埃及人的文明史。有水斯有財，水利萬物，尼羅河的河道，渡船帆影，漁歌唱晚中，有誰嚐鮮！不在魚蝦，而在水濱的種種聯想，不是主食的佳肴，應該是水產之外的乳酪或椰果？幾千年來未曾改變的食品，依然香醇垂涎。遊客再三望著滿街的小吃，不論吃的、用的或喝的，叫人新鮮好奇，只是不知其味，不敢輕易嘗試，倒是來自西方世界的瓶水很受用。

有如趕集似的，依水沿岸景點尋訪開羅，現代化的市容、科技材料的建築，比之古代的築屋，是有很大差異的；但在沙洲上，岩石道途中，那歷史的腳程，仍留有深刻的履痕。或在新舊街道上，恰如印度新舊德里的再現，有人汲汲於現代，所以情智析理清澈，只是有些兒冷漠！有些人則是「人間本兒戲，顛倒略似茲」的安貧樂道，吶吶然牽著驢馬過街，啃著椰餅充饑。看看黑袍蒙頭的婦女，在街角吸水菸的老翁，以及嬉戲於弄巷的孩童，拿著扁擔與竹枝兒，不知是否在玩騎馬遊戲；匆匆一瞥，香水店、陶器坊、皮草屋、麵包攤、綴畫，以及金飾銀器的，有中東的影子，或者說是由此而發的原始點。我們看到的現代埃及風格，是複雜而豐沛的文化燦光。因為最新的必來自最古的，埃及文明循序漸進，歷久彌新，看那不知是英國紳士式的汽車，或法國浪漫情懷的巴士，以及守住城牆的猛獅造像等等，乃是二十一世紀的新視覺，仍是個藏金戴銀的門庭景觀。

尼羅河水流過歷史、流過歲月，也流過無數傳說與征戰的日子。都有現實的存在，也都有其承繼的根源。好比作為尼羅河女神依西斯(Isis)的奉獻，可也是每年定期泛濫的神靈，在此說祂的眼淚掉落，就是尼羅河水漲之時，雖然使民眾飽受驚慌之苦，卻又為人們帶來肥沃的土壤，在愛恨交加時，神靈昇華了，也偉大無比。至今仍然受到大眾的祭祀，也成為埃及的文化特色。是水神、海神，還有山神、天神、大地之神的。埃及的神祇，豈止如此，那遠古蒼茫處，約為千年萬年，或更古的年歲，埃及人就在這裡營生，其衍發處，尚可在河谷山岩中見到蛛絲馬跡，圍繞在山與水之間。而這個尼羅河三角洲，孕育人類文明的同時，神話是相繼產生的。至少，尼羅神超越的時空，而後演變成了唯一真神者，都在演化中存在。諸如主掌知識、學問、文學的托斯神；主掌太陽與天的化身阿努比斯 (Anubis) 神；還有天神、陰府之神。神祇的駐地啊！埃及神在遠古，也在現場，令人目炫的是法老諸神呢，還是希臘天神，或者是拜火教，以至於基督教、回教的，在時空更替，人情變易，神都具有一定的權勢！當下的回教生活，可在各類清真寺見證，阿拉主神佈福的埃及世

尼羅河女神依西斯 (© ShutterStock)

界，使人很難想像古埃及時的神跡，包括了神殿的建立，就有使人目不暇給的景象，圍柱、方瓦、石階，沿著河岸輻射狀排列了古今依序風格，或許發生在失去代代失傳的機制，但仍可在城市牆角認清，神的主宰是人的行為的引力。

看吧！路克索神殿(Luxor Temple)中的埃及神與自然，神是真理、神是生命、神是父母……神創造宇宙，有如空氣、陽光與水源；而後的米尼斯王或選擇離開埃及的摩西，以及亞歷山大等領袖，不都是依持神的旨意而行嗎？只是神的名字更改了，法力卻是未變的，人都有所選擇，也都在堅持。稍晚的拉美色烏斯宮、丹得拉地神殿吧！還有數不出的種種祭壇。那「丹木生何許，迺在密山陽」的風光，蒼冥神祕聽禱詞時，是經文的複誦，還是生命的呼號，或者是來自遙遠的神殿。也有近幾千年的歷史了，大多數的信仰在朝向聖城祈禱。信仰之誠，可感天地動古今。在信念的領地上，沒有偶像，沒有不同，只有宇宙間的聲紋色路，以及經緯交織的圖象，祂掌握了一切。

都是宿命的，人生因果，今生前定或陽滅陰生，埃及人究竟怎樣看待自己，又

路克索神殿 (© ShutterStock)

如何營造來生，從國家政權的更替，到生命的明滅，有一套完整的因果論述。要不然早有精密的社會組織與政治制度，加上科學、人文與藝術的發展，埃及人早已超越世界各民族的文明成就，卻在這種高度文化的推演之下，似乎停頓在某項等待中，尤其神靈的守護是他們引以為重的。至於過往風雨，只當命運安排，來生的啟明才是今生奮鬥的重點。

我們得以停下腳步，看看埃及人如何適應環境，又如何克服環境，包括了生與死的生活哲學。尼羅河繁衍了埃及文化，也開拓了生命的曙光，現實的物質與寄望來生的精神，交織在環境的事實、所發展的文化體上，更在價值肯定與文化認同的意識上。諸如建築藝術在人文生活的設計與需求，水岸的祭典，更可貴的是天地之間的冥思，一群馬兒或駱駝，一種植物成長，都可能成就歷史上的大事。譬如說埃及被波斯、希臘、羅馬、土耳其征服時，據說是因為埃及並不太在意周遭的變化，或是沒有原生馬的速度而被征服了。然而法老看到尼羅河岸有睡蓮花的綻開，興奮地命名為王之花，而使蓮花圖案傳到希臘、波斯、印度，至今在很多的建築圓柱底座，還可看到蓮花紋飾，至於佛教的蓮花崇拜是否與此有關，文化史當可一探究竟；還有睡蓮藤蔓的纏綿，在西歐、在巴黎的家具飾紋，所謂的藤蔓紋，是否象徵了某些浪漫呢？

美在生活，也在創作。埃及文明綜合了自然力量的可能而建立，更早於其他古文明的發展，在人力之外，包括風雨、陽光以及猛獸毒蛇的，不就是被征服的對象嗎？這些動物圖象便成了遠觀天象，近取諸身的膜拜象徵，於是象形雕成圖騰，圖象拼成的文字所發展的拼音文字於焉產生，西方文字組合，不知是否與此有所關聯？哦，路克索神殿，拉美西斯二世 (Ramesses II, 1314–1237BC) 的方尖塔不是舉證歷歷的屹立在大門前？被運到羅浮宮前的另一邊碑雕，也在巴黎遊客前晃動，好像在說我何時可以回家呀？這些似圖案又具文字意義的埃及精神，與更多的民俗工藝、雕刻，均在生活美感中滋生，存在了萬年千年，使埃及更具文化品質的意義了。

另一個場景是世人無法抹去的記憶與印象，駝影孤身千里道，塔尖相映法老身的沙漠地帶，是富庶尼羅河岸外的地景，若說是億萬年的地球變化，將是個可畏的神奇，河岸的東面方向，恰是風沙起兮塵飛起的區域，雖有些兒不解的苦難，但作為開羅的安全屏障時，它成為異域風光的寶地。是的，不滅不死的埃及神靈，法老王的永生在身軀上著力，除了使之不腐滅的方法外，在陰間的宮殿，可能要有更艱辛的造景，於是金字塔就出現了。在數千年前，取材選地，糾工興建的場景，可以想像出威權與順從的對比，驕奢與貧苦的分別，以及天命如此的無奈，國王外皇親國戚都相護在人間與陰府，也都在權力的維護下，有永生不滅的生命與權力。

　　那木乃伊的製造，在不死的意念下，層層包裹，件件金銀的封棺，然後隨著生前的富有，把寶藏與人情一起埋鎖在自以為天衣無縫的地府裡，除了在墓道或塋室中記載主人的生前事跡外，也道出自己的願望與復生的希望。不可褻瀆的，否則……否則啊，必受天打雷劈的。哈！可能嗎？不論是吉沙金字塔群或是各處神殿遺跡，建造時都在顯威逞勢，只可惜這些生前被供奉的王室，有時可能也靈魂出竅，要不然製成不腐的身體——木乃伊，有法老王、有女王，也有下埃及的諸王。甚至埃及豔后、小王子、小公主，或動物的安靈佈施，而今成為好奇民眾一窺究竟的對象。

當然非有科技無以建城，非有人文不能言美，埃及屹立在非洲東北方，北有地中海，旁有紅海，又緊鄰非洲大陸，在沙漠飛揚、黃沙滾滾之際，之所以仍然受到列強征戰不斷，必有其可得之利，可居之財，包括宗教更迭與信仰。更具體地說，宗教與神，穩固了埃及的疆域，也奠定大眾生活的信心，那靈魂不滅、來生更好的希望，別說是木乃伊，或與自然同在的兩極對比，就非洲人種來說，埃及似乎也獨具格調的。

「飄飄西來風，悠悠東去雲。」處於東西文化交會地的埃及，無論是古代或當下，都有說不完的故事，看不盡的人情，興衰榮都遠去，喜怒歡愉的彩衣，隨著日出日落明滅，不在過客的關注上，卻深藏在命運的鎖鍊裡。金字塔之造境，不如幾何學的真切，駝影鈴聲，敲開宿醉的心靈，人性若有情，可以在言談外，加入些許關愛，埃及在歷史、也在當下。

新幹線
上

1

三月的東京，還是冷颼颼的。

應日本交流協會之邀，來這裡看他們的博物館設施，並親炙一下久違的日本生活圈的種種。

去年落葉的枝椏，經過寒冬的考驗，立春後已有很強勁的紅嫩葉冒出，還帶著一簇簇的粉紅花瓣，該是桃花吧！但終抵不過一街豔紅的櫻花，以及潔淨不語，任憑蜂群點綴著的白色櫻樹，都還沒長葉子，卻可預知樹貌森森。哦！已有青翠夏葉在竄起。

暑氣再增，必有林蔭成道，人們徜徉其間，乘涼或自語兩便，若有情侶依偎撒嬌，何妨給個清涼，畢竟是大城市，能有這一溪岸可植栽，加上一道環保後的親水河渠，相映成趣的是綠叢頂上高廈矗立，倒影有白窗紅瓦，在水中悠游的金魚與錦鯉，偶爾逆水而上，沖散了漣漪錦團。東京，就這樣的實實幻幻，有時候抬頭看著

綠叢頂上高廈矗立的東京 (© ShutterStock)

高聳入雲霄的樓房，街腳河岸，卻也能透視溪流靜謐。

住的旅舍正好離地鐵的出口處不遠，倚窗而望，被一窩蜂的人潮嚇了一跳，原來是下班的時刻，此時你能不在意那分秒必爭的東京時間？快步走到出口，沿著霓虹燈閃爍的地方，找個啤酒屋痛飲一杯，藉此消除一天的疲倦與悶氣；或是為自己一天的成績慶賀一下，有個伴時，瘋言瘋語的，無傷氣氛就行了。

誰在意你會不會講日本話，比手劃腳找個理由，說要看博物館，他們（年輕人）

竟畫個地圖很詳細地指出，先右行再左轉的，好不熱心地。很輕易地找到上野公園的博物館群，真是感謝那群新人類，還留有日本人的謙謙之道。突然，使人想起臺灣的鄉情，是否也有這一道熱心腸？在這個新世紀中，傳統的價值變易，可還一往情深？

不是沒事往博物館所在之處鑽，而是來此看看日本人在這方面的投資。他們究竟有何堅持，為何小心翼翼地在營運上，來個實驗性的嘗試，如政府公務、行政法人或公辦民營的，也說是文化的產業吧！這項行業，對日本人來說，比之商情股市的運作更吸引人，其細膩在學理與價值上用心，博物館儘管開始受了市場機能所影響，但就他們的社會功能，則寄託在民族共識的理想上，是知識的、教育的、美學的，也是高品質增進的場所。

平日就有觀賞藝術品習慣的日本民眾，不論男男女女，面對品嘗藝術品時，一個人左看右看的沉思，二個人共賞則會有「內」、「內」的聲音，此起彼落，意在讚美該藝品、狀似珍惜又共感的。這種情況若你不信，可以試試在街坊看看聽聽，只是你的「內」，和我的「內」可是一樣的意義嗎？反正日本人對藝術的尊重，超過對於物質的享有，好比一道日本料理碗精瓷美，往往是名菜之貴的主要來源。

東京公共藝術

對於季節，日本人是特別敏感的，尤其已經三月下旬了，為何濛濛一片，東京的天空說是將有三月雪。為何？為何？莫非自己的心情自臺北暈染開來，厭極了這不清朗的天氣，要不是友人相邀，如何往舊江戶濱岸一探。是有可觀之處，悠悠然的水流，可是二百年前的容貌嗎？水岸垂釣，可能只是閒事一樁，還是姜太公之意。倒是耆老三三兩兩，或踱方步或沉思，眼前真是「江邊一樹垂垂發，朝夕催人自白頭」能不嗟嘆！

走過保存下來的古宅，黑瓦、白壁，造型古樸典雅，被包圍在四、五十層樓之中，有幾分受寵卻又受到限制，恰似舊價值與新價值的更替，孰是孰非？然作為文化傳承，這是難得的精神磐石嘛！

2

走在東京街道上，櫻樹新芽初綻、花蕾競秀，有些已迫不及待開啟香氣，花綻露蕊，是將要怒放的時刻。

就在皇宮護城河岸，有垂櫻、八重櫻或本種櫻，各具姿容，或羞澀，或意閒，或俊俏，樹梢糾個簇簇花絮的，好個日本的春天。

往日是期待櫻花盛開時積春雪，祈求映現花嬌枝葉動的對比，尤其湊熱鬧的烏雀，也會在這盛會上跳躍一番，吱吱伴啊啊。頗具情調的細雪輕柔，花兒巧扮的春意無限。

不管在花下踽踽行路者是誰，已不知戀人或隨伴，總是放慢腳步，邊走邊望著頭上的新妝，是櫻是桃，或是不知名的花，誰又在意呢？反正春天就春天嘛，有點冷豔時，還盼著來點雨或霧的，因為下雪的可能性不大，總希望那濛濛倩影如斯景恆常。

對恆常不變的四季，日本人是有準備的，看那數百年來的城垣，或江戶城市的景點，如佛寺、祭壇、神社的，並沒有被都市的發展所改變；屹立在記憶裡，也在時間中。有了這二項要素，就有歷史，有歷史就有知識。經驗也是這樣來的。

或許外來人並不了解，為何日本人有些保守，還有些斤斤計較。有時看到他們

日本皇宮與護城河 (© ShutterStock)

如此的左顧右盼，不知在盤算什麼，那麼樣慢條斯理的模樣，真叫人心急，但這種精神卻是「日本第一」的由來。參觀過他們的博物館或一些文化措施，從硬體到軟體的施工或選擇，那份細膩幾近了小氣的行為，卻是品質保證的原動力。好個錙銖必計、分秒必爭的精神，再看到眼前整潔習慣，就知道他們是如何珍惜所擁有的一切，包括了物質與精神的價值。

想起了日本人的沉穩，也體驗了日本社會的溫馨，以及追求最好的智能，從他們文化體的建造，到自身文化的闡揚，都著眼在千年百世的事業。

沒有花俏，也不誇張，他們在日常規範上的修身，有心靈的教養，也很重外表，並在堅忍與堅持中，有團體的意識，從一而終的氣節，所以花在生活的情趣，與花在工作的要求同具效力，同時對人性的關注，好比陶器製作、花道學習，或烹煮技術，「人」的情分注融在意興中。

這種風格或風氣，促成了日本人惜情愛物的精神，包含在對季節的追尋上，所以每個節氣，都有人格化的風晴雨露性格，尤其春天更使人傷情，那「情多莫舉傷春目，愁極兼無買酒錢」的現實，也同時在這個環境出現。

我們可以蹓躂一下啤酒小館，或那百年小吃店的，就可以看到青春已過，夢難尋，淚眼無語的場景。人總是這樣的自我傷感，那說不出的，在東京豈能不知春天的惆悵。

又得回神了。過了皇宮花園，又見粉白與淡紅的櫻花在老幹勃發，墨黑蒼勁，卻有交錯新枝盤桓，花朵擁春，好個「正是花開誰是主」的羨慕。

眼前，不曾注意到有一半殘老人拄著拐杖，蹣跚中看著人來人往。

3

人生在世，雖然有很多的不確定，但這在東京街頭似乎是不存在的；尤其在世紀交替，人心易變之時，如何「鏡裡尋舊顏」，常陷入一種迷茫與不解。幾天來的文化感悟，東京的人情依然濃郁，其中有朋友的義氣。儘管匆促交談，仍可看到多年前的約定，在論藝談心之間，那可信的言行，引起再定來年計畫的動機，既清爽又實際。

執當代藝術牛耳的原美術館，在館長原俊夫的主持下，全面現代化藝術創作品，是受到他的特別關照與提倡的。原館長有項特長，就是在企業發展外的當代美學提倡是不遺餘力的，同時澤被國際美術家。典藏美術作品，只要是有益於作為教育大眾者，他對於藝術品的選擇，均以能觸動心靈為主，儘管他可能是不經意的靈性捕捉，或有深切的哲學思考，只要可以啟動心脾、開人耳目者，皆竭力提倡，功及臺灣、韓國，甚至亞太地區。況乎日本當代藝術的發展，在原館長提倡下，早已進入國際藝壇。

真是山一程水一程，原館長為了人類共相中的智慧，即使夜深千帳燈，他願意，也著力，社會真實與自然的共融，並開啟才華為大眾服務。所以，他揭示人類心靈觸動的契機，即是「物有獨至，小道可觀」的理想。

在原美術館內常出現入神的觀賞者，或忘情的談論。這樣的情境恐怕不是聲竭吶喊的官僚，或專喊口號者能明白的。

側身在行人道上，與人打招呼的興致全消。想著國內博物館的營運，不正也遭受前所未有的困境嗎？預算縮減，人事不定，展品無趣，還帶有幾分的商業氣息。文化、藝術，有價卻未可上價、無價卻是無量價，而今硬生生被列為商機的原產品，其境其情豈有不叫文化人咳血滿地，失情散意。

什麼公辦民營，或企業化，究竟有誰知道其中的分寸。財團法人化、獨立法人化，又有幾人知道其運作的始末，嗟呼！未有成效之議，豈能徒然行之！凡有新計畫必也平波無浪，方可風順舟達。

拜訪過幾處博物館，看不到較有效率的計畫，常感受到專家學者的意見，並不見得有效，這種情況是否是屋內說雨，不如庭前掃水涯有益？對書本說話，不如與人求真、專業、服務之於博物館，固然可借之企業績效類比，但作為公益、教育者的使命，有時候人少些，也可使知心者清淨些，才能提高生活希望。

從小巷走出來，沿途看到物歸有位，包括垃圾的集中，放置的廢棄物隨時有人打理外，若有踏陷的斷磚，被撿到安全的角落，或有間隔易見地方，並置放老榕一益以為美化。看著它新葉榮發，綠中帶紅，紅中鮮嫩，心情為之興奮。這種重視生活環境的自重，完全是人性化的教養與自修，即便偶有失誤之處，仍可被人接受的街景，既自然又簡潔的要求，正是人在他鄉處，莫問歸時的心情。

東京細雨霏霏，不濕不乾，走路不甚方便，卻有風絮雨情，不溫不寒，可著春衫短裙，尤其是少女被情人護著走過刻意保留的小山丘，濃密的雨傘樹、松林，架構了一處二十一世紀初葉的神祕。

出口那一頭又是如何呢？真是人間難得有個黃昏後，華燈閃閃。

4

張不開眼，不是東京霧大，而是近似惺忪不明的睡眼，為了趕早請新幹線帶我一程，到位於箱根的雕刻之森，再次看看懸念的朋友，那藝術之靈，可有人間離合作品嗎？

不在物件大小，也不在形骸古怪，而是在作者注融的心血，其濃度是傾畢生之力，當可建造一個不易之心志城堡，藝術品的光輝有如加了保護層的包裹，任誰是無法戳開它的。

藝術是神嗎？說不是也是，因為它只是靜靜的擱在那裡，適當或突兀都直接影響它的美感成分，當然，若是不具特色的作品，擺在哪裡都是一樣的晦暗。若是意氣風發，則千花百草共生機，有這樣的作品，必受人尊崇，並傳誦千百年，這種情況，藝術就是神，神跡中神跡。君不見教堂寺廟，不也常以繪畫作為裝飾嗎？但藝術一旦失去神氣，不受歡迎的程度，比之垃圾還擾人的。

實在不願意做個比較，藝術又是金錢可比嗎？富有人家常可在金碧輝煌的家具中，置放一些名畫名作的，卻有種風馬牛不相及的牽就。美感之薄弱來自被矛盾相斥的耍玩，不如白壁素牆，除了桌椅簡純外，在適當的空暢處，擺設幾許畫作或雕刻，配合心志之延伸，或自比青蓮苦心，或讚許風雨飄然的安心。此時滿室彩光，不覺人生能有多憂煩，那綺麗世界都在心境之完善中，縱目可觀天下。

今早再次看到妙巧佈置之雕刻之森的場景，雖是早春百草未醒加層雪漬，但雕刻品置於大自然的安適，似乎不再有人質疑，有如鮮活生命般件件的名作，就該放在那裡，加上了觀賞人，可真是自然的天、環境的地、欣賞的人是一體的。

我曾努力地思量，那是靈光嗎？來自世界各地名家，竟然能集合在這裡，建造一山驚奇，為的是美感的具體呈現，多難得的美神啊！藝術家常是感士不遇的心情，也常有醉醒不繼的嗚咽，何能共濟一處築太虛，是美神的顯靈處，真是徘徊再三，想想屬於人的神采，真是要在清風皓月中尋求嗎？

雕刻之森美術館，有國際第一流的作品，包括畢卡索、亨利摩爾、傑克梅蒂的，且有專題館舍展示，頗能引發喜愛者的興趣。室內雖有完善設備，又得珍愛有加，但與之著名博物館相較，即使有達到國際水準的創作，卻無法突破他人藩籬，而自創新境界。凡藝術創作，若少獨特個性，只競妝新臉，又如何展開逼人英氣。

倒是室外山腰加坡岩的，芳草時卉滿庭前時，創意的刻痕，刀刀入情，呼喚的音律，天際共感，知我知我，何須多言。藝術美散發著幽雅蹤痕，那股悠悠之情，豈能落入俗套，而不追索深遂哲思。

與之言談，美術館的建造動機，默默隱隱說的，是如雲邊新月，如平疇白駒，是人心人情，也是沉默祈禱神靈再現。

雕刻如此接近大自然、人性，又得以再生的力量，是無私的、廣大的陽光與月色。帶人進入美學的世界，以及超越時空的智慧，那有可能在一夜迸開的春花與信息，早到觀賞者的眼前，可感美意宛轉，隨著鵲聲傳至峰頂。

5

箱根，究竟還有什麼？此次有半天的時間可越過山坡，參訪煙嵐風情。坡間所看到的建造如賀年卡的景色，有雪的日本傳統木屋或草覆的屋頂，層雪濃厚不融，加上趕早盛開的八重櫻，紅白相間，煞是美極了。

那一段山區古道，還保留著江戶時代的風貌，石頭直豎，可能是馬車路基吧。路旁的杉木有三四個人合抱的粗壯，有三百多年的樹齡，據說是德川幕府要地方將軍栽植，使過客能有所庇蔭。而今看到那宛轉漸層的山徑，直覺有分親和感，以及歷史累積的時間美。

行道旁尚存幾間茶樓，依舊提供尋幽訪勝者歇腳之處，雙手捧著細巧的茶碗，倒有幾許古人風味，茶道由此產生嗎？還是茶香共存的庭院佈置，那幾叢未凋山茶花，被雪襯托了鮮紅，正迎接循古道而來的顧客，若是服飾稍改，不正是江戶時代的寫照嗎？

群山疊翠，這一場大雪增添幾分嫵媚，對於「蘆之湖」來說，相映成趣是清水上的浮冰，一沉一浮的，是自然的消融，還是人生的寫照？在夢鄉不是也在選擇真與假的命運嗎？

總以為這個地方是個荒郊鄉野，也從不曾留意箱根的文化容顏。除了數百年的植栽，或數千年的倭人居屋；是吧，這個地方有一大屋叫做倭德居的，恐怕不是隨意寫寫的。那些雪，潔白的令人想起白金的堅貞，除了在街旁待融的雪水外，它成為遊客的意外，在近四月份的天候時，還可堆雪人、雪球的，捶它一下，濺起滿天雪霽。若有青松相襯，它的作用讓人想到唐人的雪裡芭蕉，那可是翠綠與潔白的對應呀！

春花，這時候最寫實了。花也成為日本人的寶貝，雖然世人都有這種想法，也是理所當然的喜愛，但日本人對於花的喜愛，除了櫻花外，四季都刻意栽植。茶花、水仙、春柳，此時成為櫻花季的陪伴品種。但小徑上不知名的花，黃黃的，初以為是竹子花，卻是著名菟絲花，長在蒼石上，有如上妝的新娘頭飾，說什麼都覺得是一種喜悅。它是文化產業，卻不在花市上叫賣，也不是為了要熱鬧才舉辦的花季節。花該在生活，也該在生命中流動。

至於花魂花神的，除人的欣賞外，那被扮演的劇場「花道」，也該是使人讚賞的行業。近三十種的流派，都供養著屬於他們的主神，是佛是道或是禪，不必太計較。然而與之相依相存的花器——說是陶藝品吧，也是日本人引以為傲的，它又是一種與日本生活不分的文化資產。

看吧，花器的造型，有仿古的、有新創的，還有實驗的，不論是造型、釉色，或火候的講究，幾成為大和文化的堅持。想起唐、宋文化，日本人該是如何研究半天、一天或是年年的思考，終究不在意是否是汝窯，還是德化窯，要的是東瀛精神與神靈。他們對於陶瓷的細緻度的要求，細膩的讓人驚嘆，是接近精神靈魂的附體，陶器因此有了生命。那些陶藝家內修神靈，外塑器型，雍容高貴，在於知識情感之間，使之氣宇軒昂，用之無礙。當陶瓷擴大其藝術文化價值時，使用的、觀賞的，又是精細工藝的主軸，這是在箱根看到了以樹纖維作為細工藝術所發現的。

6

城鄉風情，各有所依，雖咫尺之近，卻有千里之遙，不是生活水準的不同，也不是居屋的寬敞或擁擠，而是生活價值的互異。

雖然看起來差不多的措施，但在觀念上常有南轅北轍之遠。就博物館或文化行政的推展上，城裡的人是講求實效的，並且不惜成本，可作大氣魄的規劃與實踐。反之，鄉間幾乎是無曆日，看了花開方知春的嫻靜，真也使人有種莫道「理應如此」的推演，須知「道有非道」的可能，不是嗎？社會現象，誰說的才算？

從箱根而後名古屋，再轉入倉敷地區的岡山，沿途經過的城鄉，可是景色萬端。好比名古屋的市容，充滿了活力，工業發達，尤其鄰近豐田市，更是汽車工業的原鄉，日本人在此展現他們的才智，在世界競爭下有一席之地。並且在經濟寬裕之下，豐田市美術館，展開了充沛的發展潛力，館舍與預算是公立單位所不及，其後續之發展將如櫻花怒放前夕，可歌可舞，這是文化與企業並盛之景象。

名古屋的市容與建築體，巍巍大廈，具人性化的文化設備，在人行步道、廣場與衛生設備上，即便是草花一叢，亦受風雨調息。世界正在改變，任何事件都得快步趕上世界潮流，在這重要步驟不宜觀望與猶豫，凡有益處的工作，能不快快前去嗎？名古屋給人的感覺是如此的國際化與現代化。一群洋人專注談生意，沒有抬頭，正趕著談合約呢！來自臺灣的友人高先生行程匆匆，當是企業合作的會談；妙哉，時間不僅是生命，更是財富。城市人就是如此的寸時寸金，如何有機會看看建築美或公共文化設施，連自己置身在人潮中，也無法抽離心思想想，腳步的移動，有方向的影子嗎？

在新幹線平穩快速的載運下，僅僅是半晌養神，竟然已轉到染織與備前燒的故鄉——倉敷。倉敷原為岡山市所屬，仍保留江戶時代的景觀，至少是一百五十年前的景致。它是日本文化財保護舊住宅區，而且還安然無恙的被使用著，據稱每年政府有適當的補助與獎勵，輔導這個觀光客必到的地方銷售工藝品、特產，頗具特色又熱情，使人有時光倒流之感。又是時間的累積吧！那是歷史的親和處，也是經驗的再現。當石橋拱門間有棵垂柳搖曳，岸水映入黑瓦白牆，漣漪波水幻松影。這種情境，忘卻現實與城市之喧囂，哪會有秀才爭什麼閒氣的！

傳統的陶器，至今還被使用著，雖有新製品，看來有些現代，但那粗爽明快的火候，以及古拙的造型，是不使古陶專美於前的。這一頓早餐，欣賞食器遠比品味美食來得有趣的。

趁著等待訪問的時間，再深入看看民間的生活，那彬彬有禮的待客之道，原本就是他們對長輩的習慣，加上黎明即起，打掃庭除，連那將盛開的一樹花，都在相應點額的共迎春風清涼，來個朝陽共舞，其景其境，豈不沁人心弦。

尋常言語，不盡辭達，在這現場，看到了文化延伸而來了神采。

7

倉敷古街坊，是江戶時代的都會設計，似京都，又如大阪的舊市容，至今保留原狀。街柳垂溪，天鵝潔白、灰鶴逐水，有舟艇閒泊，想是待人駕御。美景在典雅的歷史著痕，也在倒影中迴盪，其中早開櫻花花瓣已落，在水中流動，招手問候遊春的訪客，回報以留影待來時。

並不知道有多少遊客，每年都可以到此蹓躂一陣，買個染織品與陶藝品，或加入花器的市集。那民俗工藝或備前燒，品質高，價格也不低，但值得在此待上一夜二天。

因為還有一個大原美術館，是百年前這裡的士紳，因經營染織業有成，便有回饋鄉里的宏願，並以不易之精神價值，美術品為首要考量，於是就委託當年在比利時留學的鹿兒先生以畫家的眼光買畫，集少成多，便有二十世紀初葉畫家的名作，如席恩勒、梵谷、高更、雷諾瓦、竇伽，甚至羅丹等人的傑出作品，是日本私人美術館的翹楚，享譽國際。因此頗受民眾的喜愛，每年到館參觀人數計有四十萬人以上，這項成績，使倉敷地區成為民眾遊憩的場所。

古厝加美術館，都賴有眼光的先賢所倡導，不僅促發地方的繁榮，更是一項永不止息的精神價值。

相鄰有大飯店，住客眾多，又有禮品店、工藝店，以及書局、畫廊，帶動整個市街的繁榮，最講究的是種樹植花，依時綻放著花兒，流動香氣薰人。若有個半天閒暇，垂釣在高梁川岸，不但有活潑亂跳的魚兒可觀，又能享受一分清靜。人嘛，有時候是要空間的，如魚得以游水，鳥能展翅飛翔，不為世俗煩心，不再有得失計較。

原來文化可以使人沉瀰在生命的意義上，並不全是在當下，活在時間的空間裡，更具力量。看到青草碧空映現的山巒水清，真是「細草和煙尚綠，遙山向晚更碧」，不忍揮手，期待相處在這沒有人為過多干擾的地方，連飛越的鷺鷥都會探頭喔喔。

這種被呵護的環境，並不是一個人可以獨自完成，一群人、一個城市、一段時間的整體共識與堅持，才能營造出人性的完善，最基礎、可貴的是關心與誠意，這不正是博物館的基調嗎？

活潑的營運行為，雖然可應用在博物館工作上；但是大原子孫，大原二郎在建立美術館之前，認為只有生意的獲利，卻不見得是人生的意義。當他決定為倉敷街坊服務時，就有帶動了地方的美好信念，那就是不變的恆久價值，雖然不一定在形式上拘泥，卻以實踐行動——建立美術館來回饋大眾。這種行為，如春風徐徐拂面，心緒與起感念時，一切就顯得有力量了。

手裡提著備前燒的花器，搖搖晃晃的，好個信心十足，想起臺灣的鶯歌地區，該能造鎮成功，把握此時春暖花開，步步堅實地向前開道，人來人往留下美好與記憶。甘霖更待九重至尊，萬物只須半晌真誠。文化工作者的思維該是如此。

8

來不及記起，是哪一年到神戶的，但想起臺灣的「九二一」，便明白了，那是神戶大地震後的五年，為了研討如何保護美術品，來到此地開會。

沒有了痕跡，只有加緊趕工的建地與整修中的彩繪，對於一棟傷神的兵庫美術館，要倒不倒的，我們一群人還帶著幾分顫抖進入室內，說是參訪，日本友人則頻頻問候，臺灣的博物館呢？雖然不盡滿意，但如國立歷史博物館的老舊館舍，能保持安然無恙，是老天庇蔭，也是人為用心，得感謝從善如流的長官，否則後果不堪設想的。

發生的事已發生了，如何亡羊補牢，是當下的重點。兵庫要整理舊館成為文化展示中心，另有安藤忠雄設計建造新館，除了展示日本的重建實力外，更長更久的平安計畫，在新的美術館完成以後，對於日後的天災有最好的預防，除了美術品會受到嚴密的保護，連港區的醫院或搶救中心都考慮在內，而平日的水光映照，或夕陽船鳴的氣氛下，可以提供遊客或市民集會之處，有的空間可以舉辦音樂會，歌聲水聲共鳴，或在廣場舉辦婚禮，活化了美術館機能。當水鳥喔喔，堤岸閃光，節奏如早春旋律，美術館是真的鮮活起來。

我以羨慕的眼光，冷靜觀賞它的各項設備，可說是最先進，最具科學的新穎美術館，可容納數千件作品同時展出，可供應專家學者的安心研究，還可成為兵庫縣的國際交流場所等等，這些他們都注意到了。

當然，得看看他們收藏的是什麼，有何特色。值得一提的是神戶地區的名家名作是一個特點，偶有西洋的佳作，事實上是很貴的作品，不知以兵庫美術館的風格，是否需要如此費神在西方世界的創作品上，是觀念嗎？還是炫耀？不然的話，一件作品得花二億日幣，該有個理由吧！

藝術品的詮釋工作是重要的，若不能對藝術品有所尊重與愛惜，再貴的作品堆積一處，美感相互抵消，正是選美佳麗各減美質，它的價值是負面的。不知道為何很多富有之家，都以物質的擁有自豪。若是有心，即使拾一片紅葉細賞，也能提昇一些靈性的。美術館的專家，能不用心在這種無相取相中尋求一些什麼嗎？與這個都市最相襯的，該是港口與鋼鐵建築吧！幾年前的震災，促發新的思考。可能堅固了，也硬挺挺的，是日本人注重長久的性格嗎？武士在此爭地，大和民族在這裡看日起日落，太和艦也從海上浮起，科技幫了日本，但沒有千慮之外的意外嗎？不就發生了森建築的迴旋門，夾住一個孩童的遺憾嗎？哦！別太計較有形的建築，無形的感知也得用心才是。

沒有忘記吧，「橫素波而傍流，干青雲而直上」，淵明南山種菊，日本人則在街坊植翠，有矮竹、有雛菊、有水仙、有太陽花，但顏色斑燦不若莘荑木蘭，或桃、李、櫻、杉，有枝幹之蒼勁，有豔花之醒春。有開端、有結果正是人性賴之以求的。就別看它的金光閃閃，或是橫豎高低交織的交通標幟，它可以看成二十年前兒童畫就想像出來的場景！

人真的在變了，變得有些古怪，或說不近人情吧！人情可以稱斤論兩嗎？社會都在追求現實的聲光時，誰願意等待黎明前的昏黑，那是無法計時的懵懂等待，不知今晨是晴是雨，是個有蛙兒鳴聲，還是夜鶯唱晚，加上蟋蟀吱吱，晨雞和應。這些天籟應在，只是心思不存，美術創作又能有多少機靈，在人的情分上。

應邀訪日週餘，看看日本的博物館界仍然具有理想，細心營運，值得沉思比較；看到他們的營運態度與用心，不覺感觸良多，隨筆記下這些想法，或許有躁動，卻是心情反射的真實！

七月 英倫

1

機上風光，變化不多。只是鄉音此起彼落，滿座的臺灣人，興奮地出國旅遊去，卻看不到有外國人隨行，看來空姐只用臺語就可以了。

此刻引人沉思，若有很多外來旅客到臺灣參訪或觀光，外匯才能平衡些；否則入不敷出，其結果可想而知，狀況可不妙！

這趟旅程較遠，又逢暑假，父母帶著小朋友出國，機艙內兒聲咿啞。不一會兒哭笑相雜，看來家長無奈，正當束手無策時，空姐提來幾盒糖果，逐一送給小朋友，有人初尚縮手，繼之索禮，於是安靜了。有一小孩緊抱胸前，淚珠兒還掛在眼簾，滿足地睡了。

機上舊識不少，使自己不知身在何處，看來有得談的。雖想閉目養神，卻無法如願，又不能避開，只好歡喜相應，說上一些無關緊要的話。

座艙長王小姐，說是在文化機構工作時，聽過我的演講，當時不知講了什麼，不過她說聽後不久就考上空姐了。她談吐文雅，文質彬彬，是否與先前的工作有關係？無論如何，她親切招呼，倒了杯啤酒致意，不知有沒有超過她的職務，內子和我一併感謝她；因為我在經濟艙的角落。

另一位是我屏師的學生，現為士林高商的王老師，一家人要到布拉格看家人，帶著婆婆小姑，一家和樂融融，讓人好生羨慕。我抱著她尚包著尿布的小女兒，要她叫黃爺爺，竟然應允了，使人好開心。王老師說，老師您退休了嗎？是的，該退休了。「白髮披兩鬢，肌膚不復實」，我尚能說什麼呢！她看我不知所措，便與內子說，其實老師還很年輕，哦，內子也知道，那是安慰的話，當然不會在意。當眾人急急走開後，我看著窗外的白雲青天，不知還能看多久。

正當起身回望時，有一位看來像極查理斯布朗遜壯壯的身體，晒得黑黑，臉上的皺紋很深。忽然被他一叫，才知道是已有十年不見的舞蹈家游好彥，怎麼在這兒相遇呢？曾和他有過約定，有一天我們應該擴大舞蹈藝術的格局，向時代挑戰，為臺灣舞出活力。然而夢想尚在，不能想像的是他是要去柏林教舞，而不是在寶島的某一處。「莫非懷才供楚用，哪堪華髮任風吹。」

機上的人，命運共同體。十幾小時的相處，有很多共有的等待，用東西一致，電影相同，上廁所無所選擇，最受不了的是餐點都一樣，引不起食慾，只好忍受飢腸轆轆，倒不是我挑剔，而是那份食物，說不上來的味道，一直縈繞腦際。然而，意外要了一份泡麵，倒是心滿意足了。

2

下了飛機，旅客匆匆。女士們提包背飾大有來頭，花紅柳綠的各有風尚。仔細端詳，才知道名牌標幟迎風招展，羨煞人也。但自從在北京秀水街也看到這些牌子時，也是人人爭先購得或背上二個，手提十個的情景，我就對名牌有了不信任感。包括領帶或絲巾等日用品的使用，雖然看到曾經用過的物品，有些本店在倫敦的名牌，本來想買一些作紀念或炫耀炫耀一下，但剎時阻止了那一種衝動。因為名牌真仿難分，真的那麼貴，而越貴越有人仿真，若帶在身上，豈能說我的是真，別人的是仿製？因此，還是買個沒名的。兒子宗熙說可自由自在購買，又便宜也獨特，豈有不高雅之理；所以聽從其言，就在倫敦街坊，買件披衣可遮風，兒子們說老爸像老頑童，好開心的。

倫敦街上，有太多的故事，兒子在這裡幾年求學，也能說上倫敦塔以及倫敦橋的故事。在塔內尚有斷頭臺的遺跡，有被封為軍職的烏鴉，還有宮廷諜血的密史，都與權利爭奪有關，不論是君主專制，不論是世襲或選舉！哪個人不在這個漩渦中糾纏，只是大小不同吧！看那一幕幕的殺戮暗鬥，都為了什麼呢？

我們在泰晤士河旁的旅舍住下，竟然不想外出參觀，因為河水潮汐起落，大小船隻嗚嗚，那開合的名橋，渡過多少人間世的情孽，南來北往，東流西遁的，如此感慨甚多，使人不覺全然無趣。

水鳥群集，喔聲清脆，隨伴旅人悠遊，特別有詩意。兒子說了，這條可通海洋，是英國海軍艦隊的航線，近為商業船泊處，或夢思歷史遊客的最愛，所以數百年來不變不易，仍然風韻獨特。

我抬頭一望，如棉絮的白雲飛過天際，飄上廣闊青天，映現著紅瓦碧頂的英國古建築，不論它是都鐸式，或哥德式，真是景明意順的。怪不得觀光客擠爆各班航機。為的是來這裡看看歷史真實，或省思一下別人能我們不能的東西，探索原因何在。

已經是晚上十點鐘，天色猶明，有點像臺北清晨五點的景色。兒子說，早晨四點鐘就天亮了，換言之，夏天的倫敦，天黑只有五六個鐘頭的時間，在此地生活的人，都知道要看看錶，但那明亮如白天的光線常使人迷惑的，怪不得從臺北打電話來，已經是上午十一點了，還沒睡起；這種狀況真是日夜不分，旅途所思所言不一定精準了。

還好，那《歌聲魅影》歌劇，大都是七點演到十點，出了戲院，天色漸漸微暗，正是華燈初上，還可在河旁采風，喝個咖啡。

3

倫敦何時造城，沒有多加注意；但倫敦塔旁有一道古羅馬城垣遺跡，前面還豎有凱撒或克拉克羅馬皇帝的銅像，隨著陽光照射，意即這裡受羅馬人統治過，這些銅像受到燈光照射，金屬反射的光亮，顯現了歷史精靈嗎？

是的，至今英國人引以為傲的是，羅馬曾征服過英倫，並且列為文化的象徵與榮耀。文化需要以時間、事跡加上權勢累積而成，並非單一突然冒出的智慧。當這一段斷牆屹立數千年之後，人類進入新世代時，這些真實的遺跡，成為一部人類史的見證。

倫敦的七月天，忽雲忽雨的，有時陽光普照，真不知是春天還是夏日。走在街上，還要披上禦寒不透水的夾克，才可穩步穿梭在有如螞蟻鑿洞的地下鐵。而那熙攘的人群，很多是觀光客，和我一般東張西望，或許在端詳眼前好奇的事物。

從塔前穿過倫敦橋，走進已退潮的岸邊，有如畫境中的圖象。水港遊艇停泊，

倫敦塔 (© ShutterStock)

有幾道可開合鐵橋，水位高過泰晤士河，據說是維多利亞時代的漁人碼頭，四周圍繞到兩百年前的建築房舍，現規劃為高級住宅區，各色花卉植種，點綴在窗臺、門道上，使人流連忘返，還有那間古雅手藝咖啡店，儼然成了觀光景點，一群日本人吧，攝影機閃光個不停。大概是白舟碧水映紅瓦，近都鐸式的建築，應該說維多利亞式的庭園，矮矮的樓層，有些還是木造的，耐久也耐看；這個可能就是自發的社區總體營造成果，在這裡生活的品味高，連聲音分貝的要求，都以不驚嚇野鴿子為原則。絕不是懷念古宅毀了人和，這是一項文化工作的要求啊！

正如社區自覺性一樣，市區的柯芬花園，原本是供西敏寺的花飾而專為種花的農舍，有溫室有廣場；後因社會丕變、人口集中，這個地方便被修整成大眾生活區，有賣花、批花店，也有休憩商集區，以及青少年的遊樂場所，更引發遊客佇足。於是音樂舞蹈加上技藝表演，其繁榮足為倫敦帶來活力，並且靠近威爾遜將軍屹立的廣場，豈有不熱鬧之理？精緻而有活力，自發性加上美學的文化生活廣場，令人見識了英倫文化生活的種種。

這類注重高度自覺與生活品質的人，除了物質品味外，人性的抒發包容與接納的氣度值得探求。所以此地滿眼皆春色，生氣滿人間。

4

夏風習習，涼意沁心，不若臺北的七月天。而倫敦有風兼雨難得的太陽露臉時，還得著上禦寒的夾克，這種感覺真叫人不知如何因應。尤其穿著整齊外出，還得帶著雨傘。此時想起英國紳士，出門都要帶一把傘，看來不是裝飾品，而是必要工具。

我，迎著近午的陽光，搭上往劍橋大學的專車，心中浮起了徐志摩的康橋，還有那四月天的戀情。真不知近百年來，叫康橋或劍橋的學府，是否依然有迷人的魅力？或是近數百年來大學自主的精神？總之，只為了看看幾世紀前，還有更多的傳說，劍橋的種種，可是說也說不清的。

火車穿梭在英島平原上，偶爾穿越不像隧道的隧道，紫紅的似紅蓼的野花，沿途招手，恰似新年抱手道安。感覺上，倫敦到劍橋的道路上，呈現一片喜孜孜的模樣，因為還有紅玫瑰，不時在駛過的車軌旁，鮮豔搖曳，以及濃郁的櫻桃樹，正結了果實，引了不少鳥兒爭食，這些景色，該是劍橋引道指標的前奏樂。隨著探求實景的心情，沿路談論著各校傳統究竟有多少可敬處。

火車約莫半小時，才到了這個名城名校。觀光汽車接駁服務，一大群人趕著搭上有如演劇的道具車，緩緩平坦地駛向都鐸式、或英格蘭式建物的城市，觀光客成為表演者，靜默細語指指點點。進入紅瓦白牆的大學城，在劍橋打工的學生，拿著宣傳單，說這是皇后學院、聖約翰學院，或國防學院，以及畢業典禮的大會場，有教室、類似教堂的建築，令人感受到溫馨。其中沿學校的那條河，有數名泛舟者在打招呼，倍覺人情濃郁。

看到從校內外進出的學生或學者們，他們行止自若，並不在意門外有如參加嘉年華會遊客的喧譁，或是拿著相機的民眾在擷取鏡頭。大概很習慣這種無害的喧譁，並不影響著他們為學求知的心思。

那翠綠如茵的操場，會搶食物的鴿子，以及在水道上悠游的綠頭鴨，還有滑行在垂柳下的板舟，衣裝紅藍白赭相映成趣，若要寫實的藝術創作，這裡的題材將是用之不竭。面對新綠伴舊宅，溪岸釣魚人的現場，相映成趣，似真似幻，這是真的景色嗎？還是會動的圖畫呢？

不知道劍橋大學名氣與氣質有多高，也無法說清整座城的方向位置，只知道交錯在時空中的歷史，或當下的訪客，目不轉眼地注視了校園的一舉一動。夏天的涼意與雨後百卉滋長，都溶成一片，真是「垂柳覆金堤，靡蕪葉復齊」。尤其看了校園中已有數百年的法國梧桐樹，真不知它是否老神在在，不發一語的風韻，誘發詩意興味。儘管斜雨叩葉窗，嘟嘟地響個不停，被覆罩的樹燈，點染著朵朵鵝黃色澤，隨著風葉起伏，織錦如歐普藝術的變幻，迷情在炫麗的實景上。

大學城如劍橋大學者，國際間亦大興其道，哈佛、費城、愛荷華，或是柏克萊的，總是引發都市高品質的生活文化。怪不得徐志摩筆下的康橋，有屋舍、雲霧、水珠，還有夢幻，連哈出來的熱氣，都成為可辨別的虹色。回望一下，一群群觀光客湧上來，只為了看看數百年劍橋的姿容，嫻靜中的擺動，在時空刻度，鐫上知識再生的力量，劍橋何止是風度翩翩的紳士，更是雍容華貴的婦女。

夏日涼風吹人醒的現場，衣裳沾雨珠，懶得抖下水漬，就留痕且記憶著有如柳絮舞動水漣漪，保有景和氣爽的心情，並用心在知識的追求上。

5

假日的英倫，天氣還是霧濛濛的。可是絡繹於途的遊客，卻如擠沙丁魚似的在文化景點匯集。除了耳熟能詳的古城古蹟，連河岸不具名的船塢，也是大排長龍等待搭船遊河。這個古國家，的確身價非凡，能吸引那麼多的觀光客。

只因為保存與維護，他們祖先的生活方式，在傳承與經驗教育中，不論是傑出的或誤闖的歷史，一點一滴的聚集在一起，成為照耀心靈的光芒，也許這就是智慧吧！因為能力與承諾的實踐，英國人靜靜地完成了使命，不移不離的人性可信度，增強了成果。

從日不落國到現代文明，該保有的與該放棄的作個明智的處置，看到他們對傳統禮數的維護，以及放棄殖民地的措施，不卑不亢，雖然並不太情願，但他們承受著時代變遷的結果。這是現代的英國，也是事實存在的英國。

最早規劃城市公園並保有城市公園，實在使人敬佩。在公園裡活動的人，除感受到空氣新鮮外，且因花草鮮麗而興起生機，就野外生態，亦足以活動，家鴿、烏鴉不僅飛翔，還與人爭地嬉戲；既不怕人，又咕咕示好的鴿子，殷勤的讓人嬉戲。這就是英國紳士型的一項指標嗎？讓生命的活力，展示在城市上，這也是英國人之所以受人尊重的原由嗎？

地小人稠，除了高經濟產物與人文設施外，公園設計是個了不起的文化財產。例如有一處公園綠地，除了豎立歷史上名人的雕像外，以卓別林命名的廣場上，數以千計的觀光客，觀賞著一群老人所組成的民藝表演，看來是頗具某一族群特色的民間舞蹈，加上鄉村樂曲弦律，表演的自然輕鬆，頗能自娛娛人。有部分觀眾亦聞樂起舞，合成一個樂團組曲，動人心弦。

我回頭看這個地方，原來是著名的電影試映與首映的地方 The Empire 廣場，附近就是「英倫華埠」唐人街，有很多華人在這裡落地生根，剎時使人倍覺親切。尤其時近中午，陣陣香味飄過來，不覺腳步加快，尋個餐館飲茶去。

或許生活品質，就在可以感受的知識上，包括價值上的判斷與運行，喜歡的是人我一致，厭惡的是人神共棄。突然想要說假日心情與季節期待，在工作之餘的希望，也是人生的重點。他人皆歡樂，我心亦悠然。何求虛妄不實的名利呢！

倒是學問知識貴在真實，也在累積的過程。不論是讀書或研究，由小而大，自近而遠，數千年來的文明史，不都是學習而來的嗎？但是行行復行行，哪個地方才是可以得到真實，不受人為的影響呢？

大英圖書館，卻是一枝獨秀的，從英國最早設立大學開始，近千年來就有圖書的搜集與特藏，專供讀書進學之用。我們可以理解的英國人，是既浪漫又理性的，之所以成就非凡，包括日不落國，或大英國協的力量，不都是這種氛圍下實現的嗎？牛頓、瓦特、莎士比亞、羅素，或邱吉爾的成就與事跡，都收藏在大英圖書館裡。還有更多的天文地理、人文社會書冊提供莘莘學子效仿，諸此等等，甚至是一頁素描或隻字片語，只要有助於真理的學習，圖書館都可以找得到，也方便閱覽，尤其電腦數位後，效率與準確成為大英圖書館的標的。

不經意參訪這間聞名古今中外的圖書珍藏所，同時也參觀了展出的絲路文物風情。看到策展的資源，竭盡所能地展現才能，其用心與精緻，可感的是學術受重視後的壯大，以及知識不容扭曲的清澈，這種百折不回求充實，精神可嘉！

「獨鳥衝波去意閒」，「長川孤月向誰明」。睹物向學，可歌可泣之文明史，

大英圖書館 (© ShutterStock)

是否在一個向陽處續行積善，大英圖書館藏著很多祕辛，包括東方人孫中山先生、伊藤博文等人，而今可有新訪客？

6

從倫敦乘火車到利物浦(Liverpool)，是為了參加宗熙獲得博士學位的畢業典禮。原本是搭飛機直接到利物浦大學的行程，但孩子們說，搭火車的話，可以看看瓦特發明蒸汽火車頭之處，看看這個最早擁有火車鐵路又最發達的國家究竟有哪些可觀處，不是一舉數得嗎？

於是心閒行緩，三、四小時，隨著火車的工工，工工響聲，沿路了解不少英國的其他城市，或為商業城、工業城、或是貨物轉運站的，好個也不算小的國家版圖，它開發的進程，處處有亮麗的痕跡，水利、農莊、能源的設備，沿用至今，仍然是超越時空的巧思，值得參考。

加上沿路看到麥田成熟期，牛群在大原野，綿羊咩咩叫的景色，應知道英國人的老本，並非只在征伐中稱霸海上、或說是好戰分子。說得具體些，國力在於知識與智慧的多寡，他們在生存奮勵的歷程中，求取精華又怎會停滯不前？豈有坐吃山空之理？

此外，不知哪來的水渠，井井有條，有些水路還有各式小舟行駛，有些運貨，有些是旅遊的水道，舫舟精巧別緻，使人看了都想下去划上一陣。這種既能灌溉又能休閒的設施，在臺灣年雨量豐沛的國家，不知是否能效仿？對觀光資源開發來說，其景可增強童話式的趣味，或許是臺灣農業田莊轉型的一項參考。

時光飛逝，一下子就到了利物浦。第三度蒞臨，看來沒有什麼改變。過去是冬天或春天來的，天色灰濛濛的，街上行人厚衣裹身，看上去似哲人臨風，態度悠然。今天天象明亮，適逢星期日午後，整個城好像都休息了，除了紅磚黑瓦的獨特造景外，就是那數百年的廢棄教堂，怎麼都在整修？還有老華埠的一幢希臘式的建築也開工整容，以及街上路燈、馬栓吧的種種標幟，甚至古老的紅色郵筒，都在眼前浮現，使人感到新奇，莫非古城翻新是潮流，還是他鄉原是故鄉情呢？

探問其故，原來是聯合國教科文組織，選上利物浦為二〇〇八年的文化首都，這個訊息非同小可。已沉寂百年的英國數一數二的大都市，工商業發達，人口近五百萬人的行頭，包括鐵達尼號，或披頭四等等的歷史故事都在這裡開啟，至今衣飾的流行，電影的創作，或是博物館的豐富，利物浦仍然衝勁十足。連老華僑的唐人街牌坊，數百年來未消散，而且飲食品質，仍佔鰲頭，在地人，外來人都會來這條古老的街道徜徉個半天，品嚐品嚐獨到的風味。

有歷史的，早被廢棄，只看烏鴉呀呀繞行；但這時候鷹架新搭，開始重修的教堂庭院，無論是牆壁窗簾，或是樓梯間，都在復原中。尚有聖徒之墓地，看似金字塔的碑記，有些不知所以然的唐突，今天卻受到保護；原來是一九〇〇年左右，國際間正流行埃及風，所以連建築的墓園亦以金字塔作標記。此乃是社會發展的軌跡，也是時代不變的事實，這種故事越多，就越具文化張力，更可引發大眾的學習。

相對這項城市標記，利物浦處處留存英國百年前的建築，是維多利亞時代，也是工業革命後的新藝術風格嗎？具裝飾性的工藝產品，也應用在街坊街道上，使初次來到利城的訪客，大為驚豔。尤其此地曾是英國最大的工商港，至今仍存在大船塢，雖只有少數船隻入港，但遊艇伴著滿天的海鳥，其景其境，有「楚山秦山皆白雲，白雲處處長隨君」的感受，當是海闊任鳥飛的壯麗。望著蒼蒼茫茫的遠空，可以想像些什麼嗎？

7

已是大學城的利物浦，並非是等閒城市，除了擁有國際名校外，興起的各類大學，分別在發揮功能。然而都市工商事業仍然興盛。週一從郊區進城工作的上班族，行色匆匆又自若，應該說是積極又自信的態度，便可推想英國人韌性與深層的活力，是不容忽視的。

正如參加宗熙的畢業典禮，當他穿著盛裝等待頒受學位時，包括他的朋友，以及碩士、學士的同學，魚貫進入會場的剎那，一股肅穆氣氛油然而生，家長們在意的看著他們的子弟成長，那是辛苦後的欣慰，真是「長年看樹長，一朝白髮生」的過往，哪堪年年待花開，應是此秋實纍纍時。

我依然穿過宗熙的研究室，去謝謝他的指導教授，一陣寒暄之後，屹立百年的紅磚老教室，巍峨矗立的神態，使人感受到學術與人才相乘的重要，在科學、文學與哲思之間，在社會、企業與經濟之際，加了藝術的各個學門，都叫人想起十年樹木，百年樹人的重要。

畢業典禮上，每位學生都受到學校以最高尊嚴唱名的對待，並由校長親頒各項學位，當學生被祝賀時，相信是期勉他們貢獻社會與人類的開始。也傳承一分文化的責任。

觀禮者鴉雀無聲，除被允許在原座位攝影時所發出的細微聲響外。有如聖歌的節奏樂，配合典禮的進行，整整二個小時都在為每位畢業生祝福，而沒有一句是多餘的話，也沒有不相干的政要致詞；直覺真是與國者默然，學習者定神的時候。誰又知道這中間的哪個人，將來還需要過多的提醒；所以最好的祝福是對他們學習結果的肯定，一聲珍重再見遠比滔滔不絕的訓勉來得有意義。利物浦大學的畢業典禮，分四天八個梯次，都是以學生的立場進行的，師長的態度皓天明月，使學生們頻頻揮手致敬。

此時想起學位的授予或取得，究竟代表了什麼，是榮譽還是責任？相信有品質的學校，自有一番規格與堅持，教授的教學信度，亦一併被提起，否則多了一分名位，可能增加了一分虛妄，教者還能有何意義嗎？桃李春風又會如何成芳香染氣呢？學者之知，豈能不明哉！

今天利物浦陽光普照，沒有偶陣雨，街上明亮透光，好個七月英國。參加典禮的畢業生，向天拋上學位帽，好像這個美好屬於神，屬於上蒼，看來頗有些確信，至少學生是如此熱烈地展開笑靨。

奮勵勤學旦旦起，紅樓弦歌處處聞，這正是利物浦大學的寫照。

孩子的背影一閃，看到的是他的辛苦，也是為人父母蒼髮叢生時。

8

城市的繁榮，抵不過歲月的更替。原在利物浦創業的企業家，原有美好的夢想，但當有不可抵抗的干擾時，便遠離精雕細塑的大廈。這廂品質極美的市中心，其建造豪華氣派，必有其雄厚的資本與見識，但是十年河東十年河西，而今他們在哪裡呢？

據說：工商業發達後，人人爭權，家家自立。於是工人罷工，廠家無奈外遷。又因交通運輸更為方便，可在更多的地方載運貨物，於是利物浦大港，留下了廣大的空間，任鳥飛看、浪花鬆鬆散散的港景，令人嗟嘆，也使整體城市恰似小孩子穿大人衣服一樣，骨肉鬆弛，未及合身。

儘管城外新興社區如雨後春筍，但已無法一時興起利物浦的繁榮。只待過去曾有過的美夢，仍有履痕，循跡而至，這個都市可在原有的基礎上，海陸空立體性的策略聯盟運作，應當還有一分希望。

如商業港、文化城、都會交通都在此轉運，成輻射性發出，其中最引起人潮的是文化觀光與考古的活動，使得一波波的人潮，都以利物浦為出發點。

就在附近，車程約為四十分鐘的古城——喬斯特（Chester），早在羅馬之前就已建城。

不知如何說起，進城後第一眼就感覺不同凡響。或許也在法國的尼斯、在日本的倉敷、在義大利的米蘭、在斯洛法尼亞的市街等，都可能看到古文化的城邑，但能夠看到古為今用的古城市，如喬斯特市規模之宏大，且具現代生活機能的，則是寥寥無幾。

喬市著名的遺跡，是羅馬人與盎格魯撒克遜人進駐後所留下的，至今的城牆、教堂的建築，或街道的設計，都是歷史保存的結果。雖然有幾次的災變，但基本上，仍然是不易的古文明相加的結果。最被稱頌的是建築風格的演進，羅馬式、中世紀建築，或為維多利亞風格、新藝術的建築，分別矗立在各個發展時代的位置，協調而幽雅，即使是新建築亦能統一諧和，看不出有突兀的改變。其所保留各時代相應的街道藝術，古今輝映，使人欣賞忘返。

喬斯特市的維多利亞風格建築
(© ShutterStock)

這裡的情況，不知道這叫社區總體營造，還是文化產業的活化。具生態性又有時代性的城市，成為教育與觀光的景點。看到文化教育人員穿著古羅馬戰士的衣飾，在教導一群群孩子的景象；也注意了一群考古人員加強在古劇場舊址的考古；使人甚感敬佩。同時有如童話般的街道，出現了歡愉的氣氛，有音樂演奏、有歌舞漫步，還有幾乎是退休人員的觀眾，以及飛翔的鴿子，水邊相映的柳榆或遊艇，是畫面、也是境界。

再仔細品味，此城之所以活絡而生氣蓬勃，居民除了一般的工作外，社區組合的維護單位，包括教育人員與維護專家，不斷宣導與清潔，使市容煥然一新。而商家產業以觀光客為主體，故以飲食與生活工藝品為主，不論是咖啡、茶點或餐飲，簡樸便宜，可說物美價廉，包括了工藝品或衣著、皮製品，都是一般大眾消費的價格。所以入城的人，幾乎是人手一物，滿足而喜孜孜的回家；與有些觀光景點成為購物的禁地相較，喬城的確博取觀眾喜愛。我也不能免俗，再怎樣的困難，也得買一件物品作為紀念，於是東挑西選，好不容易選了看來古雅有趣，但不知何地的產品，沒想到回家仔細一看，原來是寶島產品。

迎望著古城，定神思索兩千年前的種種場景，不知是否朔望相近，一輪月痕瀁瀁在前，想起古人的「月波疑滴，望玉壺天近，了無塵隔」。這個古城，真的令人感受到人間有情也似無的自然，不著塵埃的世俗，還是很有意思的。

9

半天的旅遊，改不掉文化工作者的習慣，仔細參訪喬市的種種文化設施。

其中最令人動容的是保持歷史的原貌，以及為老年人設想的走道，幾乎無障礙的街坊、坐椅，或花束點綴的溫馨。此種狀況的對照，才發覺觀光者以高齡的為多，幾乎佔有六成以上，個個打扮得鮮麗光亮，幽雅靜默，而且手持拐杖，魚貫進入咖啡屋時，有如午後的秋光，煦煦然安泰。

我因背脊疼痛，亦手持拐杖，並不在意別人觀感，然而不知形骸已衰，突然在一鏡前，看到有一個類似自己形貌的老人，嚇了一跳，定神一看原來是自己，真是心思尚健壯，何來形態丕變，不覺停步當前，任由冷風亂髮。

倒非夢境心生，走過老教堂前，一群老人餵鳥，我也參加一份，突然有一隻該打的鴿子，竟然啄我臉頰，痛倒不覺得，但百思不解，為何受到如此待遇。回程一想，可能是右頰有二點老人斑，狀似黑土豆，該不是被誤認了吧！鴿子、鴿子，且

莫急相逼，待我自老棄時不遲啊！

真是不良於行，此次千里與家人聚會雖有期待，但心情則有幾許不靜，一則是歲月徒增，體力不繼；再則使命感作祟，看到異域的恆常文化活動與價值維護，便有見賢思齊的急切，但奈何才智未敏，或只能抒發自己管見耳。

例如文化建設，必有歷史根源與社會發展事實，並有建置的特質與倡導教育的原由，這項工作致使時代容顏清晰，以作為經驗或創意之根據，如港灣閒置之倉庫，改為泰德美術館。利物浦街道，極力維護舊市容，作為文化長河的碼頭，可以渡過永續追求的理想。我在利物浦參加盛大的畢業典禮，其隆重程度，具有教育的內涵與張力，其對莘莘學子的尊重與恭賀，值得學習與讚揚。

漢江

水清

1

仁川機場，燈火通明。看不出是填海造陸的傑作，有現代科學，有新思潮，也有韓國人的智慧。當然還有一分不屈不撓的進取精神。

沿途映現著水波盪漾，是點點模糊交叉的車光，一直通往漢江水岸的城牆。看來並不擁擠的大廈，更是格格有光，不知是依偎在南山之魂的反射，還是高麗族永不妥協的性格，在造景造境中鑲出八月的夜色。是中秋過後月兒，掛在北方的圓暈，半羞著臉微微吐露著不變的古今過往。

靜謐的夜晚，或是入暝的沉醒，人們的痛快或期許，不知哪來的吵雜聲裡，或明爭，或暗鬥，有股勁道似在前引或後推，說是聖賢貴賤的攀牽，都是幻滅的，誰又在哪個地方吶喊、呼號？

多個省思多個愁，善感只在憂苦中。韓國的歷史、韓國人的文化，不論是原生的或來自外來的裝扮，正是「可用即存久成習」的傳統，說細微處，看到了他們的奉公的秩序與不平的吶喊，是令人印象深刻的。不成材樹林哪有庇蔭的潤澤，如此代代繼承優質養分，在幾個世紀的更替中翻身，終於在近半世紀以來建立了現代化的園地。

看著街道整潔如新，品味那些現場的景象，速度落在時間的空格裡，沒有緩慢的等待，只有前進的動力，在揚起塵埃，如起霧地使鄰國隔在煙灰外。說是後起之秀，不如說是力爭上游的典範。

想起三十年前，臺灣的經驗開啟了東北亞的競爭大門，不論是四小龍，或是東方的明亮星辰，韓國一直在天際線上顯影，沒有例外地展現卓越的績效。就說是文化吧，韓劇迷漫著臺灣的市場，日本、或東南亞部分，到處都看得到它們的蹤跡，而今三年才舉行一次的國際博物館聯合會的大會，打破一百五十年來，以西方為主的社會組織之優越堅持，竟然在韓城開鑼了。

一片韓國旗海，看來並沒有文字或廣告文字的喧嚷，卻可以看出他們團結一致的目標與理想，這種氣圍提高工作人員的興致。來自不眠不休的努力，哪有不成功的道理？

國家建設、社會發展，不是喊出來的，而是要做出來的。看著街坊行人匆匆，卻能體悟到他們講究品味的時尚，有時候看著秋葉飄零，竟然是等待著山鳥展翅後的鳴唱，在銀杏林間，或在山岩的磐頭上，成了史詩的節奏，或繪畫的素材。

月夜餘韻伴秋景，漢水潮浪迎花姿，舞動的心情啊！不需要岸邊的火焰，也不必要歌舞昇平的假象，只要靜靜夜，還有默默工作的勤奮，那富裕與希望，是可以在明日復明日中再現的。

誠如滿載的輪船，嗚的一聲，多麼地壯觀啊！

2

晨起，掀了窗簾，一抹陽光隨風飄進，有點涼涼的，才猛然會意，是中秋過後的首爾。

行道樹已開始彩繪鵝黃，間夾著幾片深紅，隨著人影晃動，有如水彩畫上的透明層次，淨潔、透亮，充滿著等待結實的果實；不論是果樹的季節，還是人生的成就。

有機會接近韓國人的生活，是近幾年來的事，尤其是文化工作的種種，包括了博物館或是美術創作的成果。其中值得注意的是他們對國際化與現代化的追求，事實上是教育成果的一部分；在經濟成長的實力外，顯現在民眾的勤奮上，有目標有理想時，再困難的工作，他們是不輕易放棄的。從他們上班的腳步可以看出分秒必爭的急迫，街道的堵車，成為繁榮的過程，也就沒人太在意爭道的紊亂，正如汗珠浸濕衣裳的白痕，深切映現著豐收的希望。

藝術殿堂

此次訪問首爾，除了研究韓國的美術活動外，出席屬聯合國教科文組織的國際博物館協會（ICOM）大會的演講，是主要的目的。然在公餘之暇，卻無法不張望一些他們已具優勢的文化信仰。好比大飯店的佈置，儼然是美術館的別館；更具有生命力的畫作，以現代美術為主的作品，不乏國際級的名家參與，不知是飯店經營者眼光的敏銳，可以選擇優秀的作品，還是飯店的文化投資，有益於增加人文素養。在長廊裡，隨時都可以看到藝術家的傑出表現。

起步稍晚的法人化機構——藝術殿堂，每年除了提供民眾各項規模大小不一的展覽申請外，尚有一項國際級的邀請展演，如本次為了配合 ICOM 大會在首爾舉辦，他們特別提前推出 MANIF 展。這項展出邀請十二位被列為收藏對象的畫家，並有競賽展的競爭。看來熱烈異常，萬頭鑽動的場面，使這項活動頗受重視，媒體報導喻為是「藝術家的成就日」，是韓國甚具權威的設計，有如畫廊博覽會，又類似藝術典藏展示會，至少是社會繁榮的表現。這樣的場面有如臺北的十幾年前，畫廊興旺時代的盛況，而今異域猶有青藤長春，怎奈國內西園荒蕪一片。我們的畫家們，何能安渡激流後留存的沃土？且待賢能之士的新生。

這是連環的工作，ICOM 年會之所以決定在韓國舉辦，必然是因韓國條件夠好，國力雄厚、經濟繁榮、文化悠久，而且國際經驗豐富，誠如奧運會也曾在首爾舉辦，以及其他連續不斷的國際會議；因此 ICOM 總會在一百多年來，第一次在東方世界的韓國舉行，這個文化盛會，著實是一項崇高的榮譽。全球有二千五百多名會員湧入開會，也聚集了世界博物館學專家，討論有關博物館營運的種種問題，是項令人羨慕又值得學習的國際活動，尤其是展現文化的實質表現。韓國人近一、二十年來的衝刺，使亞洲很多國家瞠乎其後，臺灣是否也是其中之一？則不免令人擔憂著。在國際發展的機制上，是分秒必爭的現實；若沒有水氣漫霧，如何譜成七彩長虹？

這個會議，有來自全球近百國家的文化工作者，有數百篇論文發表，臺灣也受到誠摯的邀請，在大會演講臺灣博物館的經驗，或能稍補足些許未能受到公平待遇的鬱悶。哦，我們的博物館營運，是受到肯定與讚賞的。韓國朋友的支持，也帶給我們很多的省思，其中看到他們的會長金先生的風度與氣勢，舉重若輕的成效，把韓國最好的一面呈現出來。

會議行政完善規劃，周邊文化展示，應有盡有，包括大型的美術展覽、音樂劇場，或民俗趕集，使業已沉睡的文明再次甦醒。有些是教育，有些則是商機，更為人注目的是韓國人的底層，充滿著生命力的堅持，正是造就今日韓國興盛的基礎。

真如南山藏真，漢水載月，志氣合光，燦爛大地。

3

已是現代城市的首爾，有山有水。

沿岸的新公寓，映在漢江清流上，有如遊舫倒置，煞是好看，尤其夜晚黃白相間燈光，一晃一晃的，使人好像坐在雲端看星團，或有一種宇宙在前不想遙池的悠悠。

山林在遠處，近有南山之巔，後有金剛山鳴，像極了水墨黛色染畫面，據說都是韓國人的心靈所寄。來此作客，就免去追根究底的相詢，倒可看看現場的真實，或也有些心中感悟。

景福宮是韓國皇室的舊宮，雖不及北京的紫禁城規模，卻有股莊嚴氣象。近年來的整修，把日據時代的總督府去除後，重修皇門，現在看來，則有地理風水的選擇，是不同於現代空間的考量。或許說包括所有的當代建築，此皇室座北朝南的方向是千古不變的祖訓，不論迷信還是自成信仰，南面為吉，成為生活圖騰。這一印象盡有些記憶的，在中華文化的歸納下，住宅或人生轉換，除了這項規矩外，太極的符號不正是韓國的國徽嗎？這莫非是禮失而求諸野的明證？哦，誰能掌握時局，看清命理是來自文化傳承與優勝劣敗的道理，保有什麼與

韓國古代宮殿建築 (© ShutterStock)

留下什麼，不會憑空揑造的。

近幾年來，臺灣電視節目，韓劇廣受歡迎，大概與他們把歷史文化作為前題，賦予人性抒發為背景有關。其中《大長今》的演出，令人頗為動容，劇情不贅述，然而場景的拍攝上，很多的細節，並非影棚裝置，而是實景備用。正在尋索它真實所在時，不期在一個具傳統的韓國餐廳庭院看到了，也進入這個古代宮闕的實境裡，雖然人事非古，卻可以在其器皿裝飾與禮節上，領會一二，或許這叫做文化的價值了。

首爾，古蹟處處，敦化宮、大南門，

韓國傳統古民宅

或是山澗溪岸，保有千年文明的痕跡，都足以炫耀一番。但是畢竟是患難邦國，在國祚綿延中，她的奮鬥歷程，足為有興國之志者借鏡。

遠的不遠，近的不近，朝鮮半島成為高麗國，從文明的開端，禮儀的建立，除了族群的特質外，受到唐、明文化的影響頗為深厚，她的生活習慣，或住屋、衣飾，或行舟。儀仗之樂曲，均為東方主調的教導舞影，或是忠孝傳家的庭訓，不失為嚴謹細緻。若能以古看今，或是今為古傳，韓國文化一脈相承的直往精神，是立於永垂不朽的地位。

午後一場藝術欣賞，看他們為文化保留精華的措施，不惜重本經營，如人間文化財的保護與鼓勵，有計畫地進行整修的工作，這也是韓國借古喻今，或作為文化教育的重點。如演出《春香傳》的民間藝人，入戲汪汪淚，唱腔節節昇，動人心弦的，是人性自發的嗚嗚。

不知道，在場外佇足傾聽古調樂曲者，是否也有一種說不上來的親切感，在這十月的韓國古絲坊旁。

到韓國作客，都有一種不解的感覺，是否為了他們始終如一的愛國情操呢？因為滿街國旗飄揚，當可激勵民眾士氣！或者是有國才有家，不自強自立，哪能有較好的競爭力。

除了經濟成長快速，社會建設邁向現代化之外，國際活動也引人注目，包括在世界各地的文化行銷，成功地使韓國成為舉世皆知的新興國家。韓國因主辦奧運而打響了知名度，接著是世界經濟體、和平維持等任務也能勻出力量參與，雖然尚有北韓的背後掣附，但那股豪氣在韓國四處可見。

而今，ICOM竟然又選擇在首爾舉辦。其重要性更甚於一般的會議活動，因為文化工作是人類精神價值的象徵與創作產值的指標，誰擁有雄厚的精神文明，就擁有優秀的文化績效，誰就是最富有的國家。所以韓國能爭取這樣的國際會議，值得學習與敬仰。

換言之，接近九十個國家的博物館館長，或研究人員的會議，事實上是在表達並表現該國的文化現象，也就展現國力與動力的實況。使先進國家足為表率，開發中國家則可效法學習，至少在經驗的交換下，這項人文工程，必須要有較合理的方法，使這項既為教育與公益的神聖工作得到充分的發揮，不至於因為經費或人力的問題，而淪為政治化與商業化。

雖然不能固守傳統的緩慢，也不宜本末倒置，所以超越物質與量化之外的文化事業，在社會發展在各階層上，都具有潛在的激發素，誠如本次大會主席金秉模博士說：博物館提供實證與機會，讓民眾自小就有進一步體悟自然的偉大成因的機會，才能有研發人文價值的結果，包括頂尖人才的培育。或許這句話不夠明確，但當民眾在博物館參觀時，那孜孜不倦的學習討論，或體悟、感應，誰也不能說它的結果何時出現。

為配合大會的研討，韓國舉國上下，幾乎是全體動員。包括外交部召集旅外韓國學者回國，為這些文化稀客導覽韓國的文化，除了在研討會中吸收國際經驗外，又能介紹自己文化的特質，這種一舉數得的文化行銷，就是國力的表現。類似這種活動，韓國在近幾年是相當有成效的。

臺灣來的文化官員與博物館從業人員不少，有些人也為參加 ICOM 會議奮鬥多年；加上韓國朋友的協助，我們有一個免費攤位，可以直接展現臺灣的文化形象，的確值得寫上一筆。走筆至此，由臺灣傳來一位也關心參加這項會議的博物館館長吳進風先生驟逝的消息，震驚之餘，也唏噓不已。提筆寫著：

蹉跎
成為餘愁
既憂且傷
在藝壇上
缺個角的桌子
總是不全

你可是有感嗎
在那一方
的雲與霧
淚眼相隨
——給進風

5

是那麼祥和的相處，如和風拂面。大夥兒擠在討論會場上，小心翼翼地聆聽來自世界不同國家的專家們的意見。在日益庸俗化與商業化的博物館業務，加上了些許政治化的陰影，這塊人類所共有的文化園地——博物館，它的營運方式使人擔憂，不知是人性的終極本是如此，還是回歸了物質化的現實？

討論的主題是古蹟文化財的維護與專業人才的教育，但哪些部分是這方面的主要課題與理想呢？當全世界博物館專家孜孜於公益與教育的討論時，博物館正面臨前所未有的挑戰，包括龐大的經費負擔，以及非專業性卻能影響博物館管道的方式，在短線操作的運作之下，受到政治性的影響，博物館專業與價值，似乎不值一提，那麼博物館從業人員該何去何從？

若能堅持博物館公益性的目標，倒能一新耳目，使其成為具有教堂或學校的功能；如此，則必須要有極高的博物館倫理以及其道德標準的衡量。然而有如欲快速通過街道的行人，哪有時間等待已排長龍的隊伍，衝刺與推擠成為最快的捷徑，這種情況，充斥社會各個角落，博物館的被忽略，又算得上哪一門事呢？

只是資料顯示，先進國家的進步，必有先進博物館營運的理想方法，包括了法人化、財團化或私人經營，在非營利事業中，做到可資公評並有益於國家人民，且具永恆價值的意義。因此，公益事業並不在於有形的物質、金錢的計量，而是無限精神價值，其中知識經驗的傳承是生生不息的活力。

教育、文化是博物館營運的本質，在可能的範圍內應該受到重視。我們的博物館已受到國際博物館的重視，正受到大家的推崇時，我們何能放棄已有的成效，而白亂腳步？當尚未有完善的試驗證明新的一定比舊的好時，還是定神看看四周的環境，是否有益於社會的發展，才能決定走向。

沉思於會場外的落地窗，窗外有翠黃的梧桐葉，為秋景塗上第一筆色彩。雲高風清，各國旗幟隨風飄揚，千尋不著的夢境，除了樹影婆娑外，只有孤單踱步幾巡。

想起當年同席勤學弦歌，而今際遇相隔，不知在瞬時即變的世界裡，還有哪些事尚能計量。韓國的經濟不知如何，但文化的信仰卻能帶動大家的奮勵，在電影、建築、設計、出版等文化產業方面超越了亞洲很多國家，當然也包括了臺灣。誰又會相信他們很多的措施，還有很多保持著當年與臺灣共圖強國的辦法。而今獨領秩序與倫常，不論是人倫關係，或企業制度，積極而有效。不知這是民主法治的立場，還是命運掌握在當下的意識，漢江水域的民族，就這樣一點一滴的在成長，也在茁壯。

這不只感覺，也非誇張，韓國的物質與精神並肩的努力，從被殖民後的自省，到國際的成員，每樣事情都很計較的，絕不停止進步，並追求卓越，這樣的分秒必爭有何不妥嗎？為了國事民運，何妨在凝聚力量上計量，包括了文化溯源，他們並不忌諱文化來自中國，尤其以慶州古都，尚保存唐代風情，而且信佛講道、忠孝傳家，煦煦然有歷史火光。在石窟庵再拜千年古佛，心中油然昇起一股鄉愁，只因在臺灣拜望神祇只求迷信，卻不見文化張力的展現。我佇立在松濤下聽風，隱約葉梢外看到壽光殿前篆刻著：「古路非動容，悄然事已違，少林門下事，不意生是非。」

檳城椰影

1

幾許惆悵、幾分期待的馬來西亞慈善演出，終於成行了。

原具有國際交流意義的活動——國立實驗國樂團出國訪問，是具有宣揚文化的意義的。但在行前發生的南亞海嘯劫難，使人心情沉重，也使人步履蹣跚。好在目的也是慈善行誼，便也抖擻精神，朝向陽光再昇處前進。

與同行的團員談起，吉隆坡天氣燠熱，使人汗流浹背，但其風情卻在大眾生活中。而且處處可看到不同信仰的人，在他們各自神的世界裡，都說祂們會保護眾生：諸如印度教、回教的祈禱處或寺廟，加上華僑的福德祠、關公廟等等讓人有點兒目不暇給。其中的膜拜，有人以閩南語說：「這樣趕有效？」身後竟然有人回答：「有效啦！」明明不是同行的人，八成是華僑吧！當然，答案是肯定的。

如此狀況，也在很多國家出現，想起這些文化感染，似乎是世世代代的刻記。尤其財義神的關老爺，就是華人不變的信心偶像，連古巴的哈瓦那，都能看到威風凜凜的關公神像。美化了，也神化人的文化圖騰，祂是否能顯靈就看心誠與否！

但我們不禁要向祂祈禱，希望能受到神恩，使災難免起、福分有得。即如南亞的受害亦有補救的機會，然而啊，它畢竟發生了，而且是史無前例的巨浪，覆天蓋地的災難，使人無法形容驚慌，竟然只想起莫非鬼魅罩天吧。

神啊！紫氣彌漫待現，順道降旨說說這是人禍呢？還是天譴？街道依然迎風，卻見燈火通明，沒有那狼藉不堪的瓦礫狀，絆住人的思緒，從何理清神廟

華人傳統信仰中心

的誦經聲，來自何方？

陷入沉思之際，車窗外的椰林，閃過婆娑花眼，像極了臺灣南部的風光，一陣陣的熱浪襲來，在這晚冬的季節，是有些不對稱的，看來異域光景，還得仔細看看！

2

吉隆坡是馬國首都，果然氣勢非凡。猶記十餘年前路過此地，除了舊英時期的建築外，並沒有高聳入雲的大廈。而今從新建的機場沿著高速公路往城裡前進，看到兩側的別墅或公寓，井然有序的座落在綠草樹林間，廣闊視野，幾乎沒阻礙，或可聯想到漠漠田地，花木扶疏中，三兩屋舍雅居幽人，煮茗品茶的悠閒。

可確定的，馬來西亞的民眾在熱帶氣候中，學習了寧慢毋躁，寧閒毋急的個性，消卻心中鄙吝，眼前時有月到風來。所以標榜人生而平等，信仰自由，雖然事實並非如此精確，至少，在東南亞國家中，它的崛起在於各族群互為學習與尊重。

在此華人的地位，雖有不及馬人之處，卻能保有一分文化深根的習俗，閩南語、粵語、潮州語等等華人世界，走在街道，冷不防以為回到臺灣了。馬來西亞人開拓局勢，廣納文化資源，使馬來西亞有更進步的條件。國際間紛紛前來投資，據說，僅臺灣一年的投資額就百億美元以上，其他的可見一斑。想它在一九五九年獨立時，尚以農業為基礎，純樸貧苦，但持久展翅者，飛必高。經過長期開發墾地，如今已成為工業國、資訊國，其中石油開發，電子業的興盛，正在隱隱成勢。

過去有政治上零星的不和，加上民族待復興，急須人才栽培，所以包括華僑到臺灣求學的就累積到萬人以上，現已成為馬國的棟樑之才，也是臺灣最佳的益友，所以說：「天欲福人，必先以徵難儆之。」人是須要檢討的，想當時，臺灣正值百事待舉，依然有如此眼光，集天下英才而教育之，此當是可感之一。

進城人車擁擠，塞車之苦不比臺北差。然在終年夏季的天氣下，古城被建設成為花園城市，雖然沒有新加坡的精緻，卻可看到街樹參天，直立在道旁有如張傘護蔭般的姿容。直覺此地一定沒有颱風地震的，相詢之下，可證其真切；只是前個月的南亞大地震中微微有感。這樣的天然美好條件。怪不得民眾的行動就可以緩慢些，抑或是受英國式的紳士精神影響？

鱧陽天氣，是花皆堪釀酒；綠蔭深處，凡葉盡可題詩。古人是這樣說的。在吉城城垣內，是有花有葉的，常綠出新芽，紅點在花叢，果然是花園城市。作為觀光或文化產業，有雙峰高塔造型典雅如回教之建築風格；加上有清新的輕便捷運，沿途可觀賞燈紅酒綠，加上終年可生產的果后——紅毛丹或榴槤的，並不亞於椰果與檳榔。這等風光就可知道吉城的得天獨厚。

加上科技工業的湧入，以及安定的社會發展，其間石油與重要金屬的發掘，更促成馬來西亞的繁榮；更難忘吉城的建立，就是英人在此開錫礦所繫。或許每一個大城市都有不凡的故事，吉隆坡的輝煌至少仍然爍爍於前，且有領引南亞富裕的氣勢。

這個多種信仰、多種民族、多元社會的吉城，直覺上亦有更多的生機隱藏於此，且讓時間移前，必有石盡則玉出的收穫。

3

沒有古松怪石，也沒有傾倒榕橡，只有直立的各種果樹，不知哪個是辛香料的，哪個是赤辣辣的菜蔬，混雜一團，有的已花謝，有的才開花，問之何時是果實期時，有人說夏季，有人說整年，反正隨時隨處可吃到水果，就忘了季節的更替。要細分一年之中，有什麼季節變化，只可略分為雨季與乾季吧！

因此茂盛枝幹分佈在原野，也分植在樹道旁，像打開陽傘以庇蔭行人，倒也覺得頗具南國風情的詩意，就別計較是否有個春寒乍暖，晚秋入冬的區別。心中無事，不一樣可以體悟些許杏花疏雨，楊柳輕風的意象？

說上了吉城白雲悠悠百年事，總覺鎮上除了現代建築外，必然隱有很豐富的文化體。例如具都鐸式又具阿拉伯式建造的火車站，像在英國利物浦見過，或是在利雅德現形，既有寺廟的神聖性，又有人情的幽雅。雖不能在這裡稍停片刻，或搭上一段火車行程，卻可想像當年來往的商旅或趕路的心情。當市容正在大舉興建時，往往犧牲了歷史建築；但全世界正在保有古蹟就擁有文明的當下，一宅幽古，或半軒花影的古厝留存，使人信感歲月的厚度，好比具南洋風格，具有圖弧外廊或半弧窗戶的紅瓦白壁廂房，頂軒嵌鑲著一九二四年，這樣年號標記，還有很多在不經意的樹椏參差處出現，有些老當益壯的屹立著，有些不惹人愛的發出幾度長吟。

大約同時出現的熟悉古宅，那便是較為簡陋的黑瓦飛簷兼紅牆的四合院，雖然或存下一屋半壁的，但聚落中的天后宮或關公廟，向前細觀，無法分辨出今夕何夕，今地何處的錯亂感。說閩南話拜中國神，食中國菜，連壁柱對聯都是個「萬壑疏風清，兩耳聞世語」；或者是「不作風波於世上，自無冰炭到胸中」的警示語，這是華人世界、華人文化。

其他呢？清真寺是他們的主神朝拜處。寺廟式樣崇高有格，也影響了吉隆坡的建築形式，每天五祈禱的風俗更加重了清真寺的重要性，其座落四周必也清幽澄澈啊！至於三大族群中的印度人，在此地建設的社區文化，最明顯的除了婦女沙麗衣飾外，就是印度廟的呈現了，看梵天、毗濕努、濕婆神，或佛陀的印度教，集雕刻、

亞羅士打的清真寺

建築於一處，不明其自然與人性融合的教義時，看到眾神成億相聚一處的廟宇，著實很有一些刺激的。

4

這一趟南洋行，是應邀與國樂團作慈善演出的，除了密集排練外，也得有些文化生活的體驗，使人情近理，語必有據，所以在好問與無礙中求得明白。

例如在此地的華僑如何在多數馬來人中，或諸多宗教中，還堅持了儒教與道尊的傳承，有供佛為善的信仰，又可在傳承禮教中，能帶著鄉音道世情，甚至來個《三疊陽關》，唱徹古今離恨。也不盡全在楊柳贈友有淚痕，更得笑語話當年，或是對山念心志，捲上青翠一片。

坐在文化宮場外，等待聽眾入場的空間，此次邀訪的林先生說，馬來西亞華僑很多，大都來此創業，便有愁鄉思緒的夢魂牽掛，能邀國樂團到訪，一解天涯遊子情，再者做文化相濟的工作，並展現泱泱國度之風範。

說再多的理由，不如行動為要，有國際水準的演出實力，也等待日漸有水準的觀眾。國家國樂團耐心、愛心佈滿會場。而這個吉城民眾，面對國際化的實力，電子業、百貨業，消費在精緻的品質上，對東南亞國家民眾來說，有後來居上的趨勢。從售貨的櫥櫃設計到售貨員的應客態度，不做作、不偽飾的應對，比之歐美國家的商業交易並不遜色，況且日漸富裕的馬國人，更具備了生活的信心。這樣的場景，不難發現白雲悠悠，明月清風的自在。

還有自創文化品味，所謂馬來風情的菜肴，只不過是空心菜加上辣椒粉，使人食之開不了口，卻也引人淺嘗不忘。即使是以榴槤為主調，或以香料佐餐，在吃的文化，確切說出了文化產業的措施，雖然此地尚在發展文化事業的初期，古蹟古物、藝術品的愛惜，成為日常生活注目的重點。在百業爭榮時，作為精神的文化工作，乃是馬國近年光耀的大事。

所以衣著有國服訂定；住屋有角形飛簷；行有自己創立國民車，小巧實用；食譜更以咖哩加辣味香料的餐點，使入馬國的遊客，印象深刻。倘若再增添一些高品質的文化措施，如音樂廳、博物館、圖書館、劇場等等，豈不是青草碧色三月天的朝氣嗎？事實上，我們尋覓個新奇與希望、文化產業，它們都在行腳中得到真實的印證。

5

文化宮的設備雖不及兩廳院的標準，但團員能在馬國第一流的演出地表演，使吉打蘇丹公主以及滿場聽眾雀躍不已，確是值得慶賀一番的。挾著盛況，以及為受難者的慈善演出，具有國際一流水準的國樂團，受到馬國藝術界與觀眾的歡迎及熱情地接待，使首場演出後更增大了信心。

從吉隆坡到吉打首府沿路，接待人員相隨照顧，或休息、或談話，三句不離下場演出必有的盛況，同時也說說華僑的奮鬥史，看看道旁簡易回教徒的道場，甚至嘗嘗零嘴的風味，或者望景思鄉的。倒是華僑們很關心大家是否習慣大馬的天候，然而團員說這裡很像屏東，風吹稻禾傾，日曬柳果甜的，再加被曬的黑黑的華僑姑娘（應該是）有如東鄰初長女，巧笑滿家園，這光景可向天色與緯度求證。臺灣南部有半屏山與廣袤的田地，而此次水泥工廠正為山邊鑿石，不正是三十年前的臺灣工業起飛，農田揮汗之時嗎？

終於來到蘇丹的位處附近，屬於鎮山的舊街坊，寫滿了華文的商店，造型典雅多樣，大約有一百年以上的歷史，雖然近年來已大幅度興建新大廈，不過被吉打州的蘇丹保留下來，得有古蹟留存的意義，使人看了想起家鄉那四合院、農舍的簡樸，可能在這異鄉重現了。

真的有個華人大會館，是五年前才興建完畢，可容納數千人的聚會場所；其鄰街則佈滿了道觀與佛堂，或是清真寺，換言之，眾神皆降，此地有福了。其中有德教閣，奉呂陽子為主神，更集合了儒、道、釋、回、基督教的善舉為一尊，看來是扶鸞的信仰，很像早期臺灣在民間處處可見的信壇。我也跪拜一番，心誠則靈的。

會堂內已人聲鼎沸，有一原是華僑學校，現以華裔為主的中學的華樂團，正想請我們的國樂團團員指導。飯前看到他們賣力的演出，音樂聲起，不覺感人至深，有「初彈如珠後如縷，一曲春聲百禽鳴」的合聲。是個傳承的夜晚，也是交流的時刻。華裔子弟忍住淚眼揮手，並殷殷期盼能來臺灣學習。哦，這是個聽風與思的場景，我沉默在回旅舍的路上。

6

吉打州在馬來西亞北端，鄰近泰國，又近以華人為中心的檳城州相隔，是個古印度的文化中心，經過幾度滄桑才受回教影響，也是馬國的農業產地。就一般景色與氣候來說，很像屏東平原，稻米之外的椰林密佈，更重要的是滿街閩南語交談是當地文化的特色，但不知從何說起。依港而居的唐人街，有永大會館、廣東會館、福州會館、潮州會館，以及大大小小的組織，據說都在一百五十年以上，從建築式樣看斑爛一時，風韻猶存的姿容，應屬真切。

華僑並說，他們遠者五代或更久，近者三代的移民，一直保留中華文化的生活方式，繁體文字外，崇尚儒家學說，當我們提起繁體與簡體之說時，他們說應是正體字的說法才對，從其愛鄉愛國在異國生存的行誼，這是另一種信仰。有的時候人不知該說什麼，看他們胼手胝足，真是幾條楊柳，沾來多少啼痕，《三疊陽關》，唱徹古今離恨的無奈，但他們心向正統、心向以道統自居的臺灣，所以每年都盼著雙十國慶能回鄉看看，而不是回去移出地。直到最近傷心重擊看愁雲，只好問天蒼色冥。自個兒在這裡繼續三更燈火五更雞的勤儉持家，把家鄉香火延續。

在古街上，張燈結彩，年節春聯，來個吉祥連連，或桃葉題詩的活動，都寄情在會館的組織上，有些還寄情在宗教的教義上。這些舉動，雖沒有特別明顯的效果，至少保留了古色古香的傳承，也可說是文化景點之一，也符合了文化產業的源頭，或許此地的觀光，就要以華人文化為中心點。

不然就得再開掘那深藏於地的文化層，諸如在歷史記載的羯毒國家，或稱為狼牙國的，為何在時空轉移中流失，包括回教信仰又是如何在馬來西亞傳播，諸此等等令人興趣增濃。

正在入神觀察風景，不意轉過頭來，才發現連泰國廟也呈現眼前，金碧輝煌閃閃發光，不知是神靈還是心情，總覺得信神到了迷信的過程中，誰也分不清楚是不壞金身還是我佛有靈。人人都可得正果，指的是物象還是心景？一個純樸如是的城市，不論是個古國或是個開發中國家，都是值得大家崇敬的。因為深厚來自平易，品質來自自然。國樂團來此演出，必受謙謙君子之邀，華僑僑領林紋毅先生的慧眼，以及他的文化品味學養與經驗裡告訴他，這項活動可帶動吉打華僑，甚至大馬人士的心靈。

果然不出所料，在吉打首府的演藝廳，雖不具音樂廳水準，樂團的演出卻獲得滿堂彩，五次安可聲中，觀眾不捨離去的景象是在其他地演出所沒有的現象。曾任大馬國王的東姑蘇丹，和團員一一打招呼並登臺合影為念，亦頻頻相詢臺灣的氣候，哪些月份適合旅行。答之四、五或十一、十二月，不知適當否，蘇丹的公主確切尋找空檔機會到臺灣，直接欣賞臺灣的藝術活動。

不僅是演出，也是義演，更是文化交流。堂堂正正地告訴大馬朋友，我們的樂團具有國際一流水準，我們的國家安祥和樂。

7

吉打確實是大馬的魚米之鄉，適合外來人謀生，華僑自然不例外；可以種稻墾地，或是為商求生，都得到了應有的報酬，真是緣之所趨，好多的出外人在此聚集，既光彩又有成效。

北大馬是個引人入勝的地方，從亞羅化達抵檳州城的沿途上，蕉風習習，柳影招展，有廣袤的原野，盡是黃澄澄一片，是大馬二期稻米收成時，好個鳥雀、家雀穿梭過溪岸，清風送暖催稻黃。已是半機械的農業工作，人力減半，成效顯著。可以看到拿著手機話農耕的輕鬆，亦有三五朋友在橡木下奕棋、論勢，很多景象似曾相識，冷不防地說起莊稼事，竟然那麼地投機，連飲茶過禮也似夢似真的出現，原來這裡的語言都是臺灣閩南鄉音。

雖然偶遇包頭巾的婦女，但大部分都可看到自己的影像似的，做事熟練精確並兼舊有臺灣鄉間的良好習俗，怪不得很多臺商能在這裡一年、十年、二十年的待下去，直到白髮填愁才想到植竹成蔭，無須再避地遷家，這是移民的歸途嗎？

就在農田村舍之中，看到一座類似穀倉的建築，造型頗具特色，壁飾竟是五穀豐收的稻穗圖樣，親切的迎進入館的觀眾。這是大馬的稻米博物館，雖不及了解他們的營運狀況，但陳列的農具與臺灣農具的造型無殊，且有極為相似之處，尤其看到整土的刈犁，便憶起一段童年的往事，「農耕殷殷，天災連連，饑寒交迫」的情景歷歷如前。

稍加端詳稻米博物館的佈置，與在城裡的博物館一樣，都沒有較完整的規劃，有點兒有勝於無的樣子，此時比較臺灣的博物館事業，仍然頗具先進的實力。也因為室內的陳設有些空曠，置身其中，有種入室許清風的悠閒，這大概也是它的特色吧！

小鎮如鄉舍，舍前舍後鄉音濃。來到一處考古地，據稱有二千年的歷史，是在未知名的山岡間，已將考古之文物陳列在新建的館舍，看到石樁石柱的建築遺跡，也欣賞了青瓷與青花瓶，這與中國人的海上絲路是否有關係，頗值得凝神求證。

林泉水域，風飄萬點，在這印度洋水濱。有橋有樹，釣客岸邊看浮萍，浪花漣漪，怎知有海嘯過境，不及思考也不及追憶，檳城在望的心情就有些詭異，怎麼可能奪去人命，從未發生的事竟然發生了，在渡輪上雙手合十，禱告一番，但願能夠貝葉頂禮，蓮花渡心。

8

檳城市區，到處可見閩南情懷，文字、鄉音是那麼地親切。民屋農舍的造型有如大溪古街；英國式的建築結合南洋風情，又似迪化街道；或有辦公大樓的舊樓，又與新公園的臺灣博物館類似。這樣的人情物象，來自寶島的旅人，豈可沉默不語。

本來以為海嘯災害，會使這個城市清瘦哀傷；但居民們說它只是個天災，並沒有太大的損毀。所以與印度災區比較之下，此地救災之後很快就恢復生機，雖然這些是不可思議的衝擊，除了多加一層警惕之外，只有力求預防才能填補不幸。所以夜市小吃，像極了萬華攤販，一攤攤地展現美食香，該嚐嚐嗎？不，看的比吃的來得踏實，再則是宵夜暴食，有礙健康。然而看到撲香而來的辣味或糖醋加味的食品，能不垂涎三尺？也罷，檳城的慈善演出，國樂團千里迢迢來此，不但要展現藝術的造詣，而且具有國際文化交流的意涵，再者是宣揚寶島的音樂水準，促發僑胞同心共濟的精神。例如本次的邀訪，大都是旅臺校友們的熱心，同時可以介紹臺灣社會發展與繁榮。事實上，以文化作為國家行銷的媒體，是極為需要，而且有效的。

從吉隆坡經吉打到檳城的國樂演出，觀眾滿場，掌聲雷動。三場演出，不僅有很多的旅臺校友全程作陪，也與學校、社團作了很多深切的合作計畫。聽眾的安可聲，曲終人不散的情景，都是樂團表現精彩的反映。校友們與有榮焉，正計畫著下一步展演的來臨。

9

難得半日閒，接待單位說可以在檳城到處走走。也好，幾天來的公務在身，無不兢兢業業工作。就以藝術表現，在大馬有如此高品質的演出，也是絕無僅有的事，其中因大馬政府，認為文藝工作不受別國的影響，這種突破政治干擾的困惑，也能順暢進行。這些成效，都是旅臺校友與華僑努力的結果。

而這項痕跡，可追溯更遠。依著何會長的引導，尋覓中山先生曾在此擘劃革命的舊居處，有光華日報社址、有香山堂、還有一處離島，最終還在現址為臺商小學的英式建築。佇足良久，看英雄豪氣，志節昂揚的過往，如何不挾萬傾雄風以壯生機。

然而，中山先生所以來此，必有其可談可信之人。好比一直維護儒家學風的邱氏家廟，至今近二百年左右，那層中華文化的精髓部分，藝術表現所襯托的人文精神，正是正氣凜然的代替信符。除了精緻的雕刻刀法，造境都是中國藝術家的絕技外，其表彰的內容若不是文人之氣節，就是以二十四孝為內容，包括栩栩如生的《三國演義》或教忠教孝的圖象，靜心仔細端詳便能理解「友遍天下英傑之士，讀盡人間未見之書」的喜悅，其中一幅對聯：「第一等人忠臣與孝子，祇兩件事耕田又讀書」，邱家後人並引以為訓。影響所及，當知檳城華人的心志是如此強烈與直接，為了祖先國度能富強康樂，都要禮仁為體，信義傳家。

類似家廟的祠堂或以姓為鄉的中華文化，都在這裡留下不可或缺的圖象。如今的華文教育超越了海外環境的限制，交談、讀書、漢文字是為精華的文化傳承者。所以中山先生到這裡得到資助與響應，是其來有自的。

沒有雄心大志、沒有人傑地靈，偉大的人是不會出現的。檳城可說是東南亞華人移民的大本營，其中以閩南人為多，客家話、廣東話都隨移民過來的。影響所及，包括食品、生活習慣也有相當多的保留，尤其臺商到此立業，是很容易融入社區的。這種「忠孝吾家之寶，經史吾家之田」的精神，應該也在臺灣、新加坡，有唐人街的地方，是處處可見的精神標的。

10

既然腳跡過此，當然要憑弔一下海濱海嘯受難者。經過朋友指引，看到了遇難海灣，除了浪潮衝岸的痕跡外，並沒有明顯的狼狽不堪。倒是捲走戲水人的海灘，平靜如常，蹤跡難覓。我們只好默禱一番，願逝者魂魄歸位，並且尊重來自自然力量的牽引。特地循著海邊走一趟，尚在修護的居屋，大部分都是以木柱支撐著閣樓，也是大馬民家的特色，因為沒有地震、颱風，能撐屋舍重力量即可。這種概念倒也是事實，那些街樹或花木的，不都是直立立的成長嗎？哪知會突然來個大海浪，是海嘯的怒吼，是自然的反撲。獨居的老伯說，初以為是潮汐現象，沒想到高過家頂，浪頭捲去了不牢的家具，接著是被拖去幾十丈遠，連海底的泥淖都看見了，這樣一來一去，一推一吸的力量就可想而知了。老伯知道我們來自臺灣，便說若有颱風的經驗，當不會這樣掉以輕心。可見事非全善，人非全壽，天亦非可欺了。

倒是海堤旁有個香火鼎盛的土地公廟，村民說，它的建造已有百年的歷史，這次海嘯並沒有使之受傷，令人嘖嘖稱奇，善男信女的膜拜就更虔誠了。大概在造廟時，當是虔誠有加，好心有好報吧！

福德廟似乎是無所不在，有地斯有神，大馬的土地公，除了叫福德正神外，也有叫大伯公、拿督爺的，看起來神靈需要分辨環境，也要入鄉隨俗了！

經過老街，都是古色古香的街景，古樸挺立，也大都有人居住。這是有生機的古街啊！尤其在門前的柱子上也都安奉神位膜拜，這不知是地居主神呢，還是門前公？只看到天官賜福，看到香火繞樑，大概早晚必備三柱清香吧！

古宅人情吸引著我們一群文化喜愛者。除了老屋興起悠悠天地外，幾棵老樹顯然是比老宅還老，當看到乾皮層層加覆樹幹時，直覺它好像是個洶洶老者，正庇護著來來往往的世間人，也看盡緣起緣滅的實相。海嘯只不過是它的過眼一浪而已，人世間還有很多不明確的禍福啊！

檳城，過多的神祇，繁複的信仰。一條古街有泰國佛、緬甸佛、清真寺、觀音寺、天主堂、基督教堂以及道觀與關公廟，還有印度廟和不知名的祠堂，究竟是賽神廟會，還是宗教為重。人的價值與意義，都需要這股力量嗎？還是有別的呢？

午間樹蔭閒坐，茶香飄過桌前，提起筆寫著：寧拙勿巧，守信莫變，知音人情處處。

楓情

脈脈

1

飛機滑出跑道，心情亦隨之緊縮，想了想，這次是從公以來，首次為自己休假而出國。雖然尚有些隔不開的掛念，那些公事這幾天該不會有什麼的變化，於是也就有望望窗外的空茫。

順著飛行的角度，看到蒼翠山巒，滿地草綠，在乾河道內，不，在田畦間，哦，都對吧！一潭潭深色水池，就在眼前出現，似乎是有意的挖掘，並織成網狀圖案，映現著遠處的青山，這個桃園人工地景，的確很特別。

五月陽光特別清朗，蝶影依稀，群鳥呼朋引伴，繞池而上、而遠，直到白雲朵朵相疊，才使視點轉移，並且進入了無語的沉默，也懶得答腔有禮貌的空姐，笑笑點額可也。

是的，陷入了思緒良久，才想起身旁的老妻。事實上，她的神情不安，恰似沒有搭過飛機的小女孩，緊抓著扶手；我笑著說，這是飛機，不是盪鞦韆，要抓就要抓住整架飛機才是有效的，要不然何不安心地順其自然呢！

這自然有神、有命運、有人為、有情感，還有人類的愛、社會的責任與家人的期待，那麼，即使分秒，只要關懷，不都是滿滿的幸福？哪怕向晚一絲光，照耀暗巷未歸人，或許這是可記憶的刻痕。

不能給大地予抒發，不能給蒼天予關懷，那麼何能給人類予悲憫。這個想法，似乎來自天籟，來自一個可期待的未來。

想著想著，窗外開始灰暗，雲層加厚，莫非太平洋正在下雨，這倒是有如氣象預報，沿著這個航線一直到溫哥華，是有陣雨的。

越過了換日線，才覺得時間是可以後移的！至少，往東飛行可換回至少十二小時的停格，雖生命仍然在消逝，不過能留住了同一天的影子，亦頗新鮮；相對的就別想往西行的倍數消失的日子，否則難免一陣傷神。

天色正在甦醒，有點紫色，有點青藍，明亮陽光直射過來，穿過雲層，恍惚神祕，莫非是眾神在東，要不然紫氣徘徊在側，給人一種飄彩兮昭昭，大道兮渺渺的感覺。

沒有特定目的的行程，竟然使我想起那麼多的事情。

2

友人與親家來機場協助，讓他們等了不少時間。除了飛機有些延誤外，是來自亞洲地區的旅客，有如過江之鯽，一湧而來，據說最少有近十個班機一齊到來，機場如何不擁擠呢！

仔細端詳，真的，沒有太多的比例是白種人，應該說，來溫哥華的人，大部分都是黃種人。令人有些納悶，是否加拿大人口不夠多，或者自由國度歡迎居住，還是東方人尋求一個比較接近他們生存的地方，包括可以謀生，或是可以安身立命，總之，溫哥華市看來以中國話交談就可以順暢了！

進入住宅區，適逢星期天，除了教會的人群外，很少有人在巷道蹓躂。這下可好，好個安寧的下午，在井然有序的社區，從庭院的扁柏樹容貌看，該有個百年以上的紀元，每個區域都以人性的尊重來設計與造境，包括空間的佈置，以及蒔花的栽植。

同樣叫杜鵑花的，正盛開著，美豔的叫人不覺它是真的；相映在旁的高大雪松，有如巨人般的氣勢，呵護著這些草與花；庭院怒放的芍藥，類似牡丹花的姿容，有深紅、粉紅，到新蕊，置於門前招展。親戚也剪上一枝已放蕊的連枝帶葉插在客廳的花瓶上，紅白對比色中含羞顯得斯花也醉人心脾。

室外溫度是攝氏十二度，涼風習習，在這五月底的溫哥華，不知夏天究竟是何時算起。反正百花齊放的景色，勝過織錦的巧工。說個故事嗎？「一抹萬象，煙橫樹色，翠樹欲流，淺深間布」時，這裡的春景或是夏景的綠葉，有淺黃、鵝黃底的新葉，繼而粉綠、青綠到深綠的層次，用人工是記錄不起來的，科技嗎？也將會差一點點，只能用心神領會了。

猶記古詩「綠樹濃蔭夏日長，樓臺倒影入池塘」的意涵，在溫哥華是很容易體會到的。海水、山嵐加上樹林，不美的地方是很難找。若在柳絲搖曳處，停下腳步更能體會翔翔乎空絲擺姿，綽約而自飛。

繞著社區一角，有公園，有庭景，還有悠閒路人，不知是否有意的穿著，幾點豔紅，是相映成趣畫面的點景人物。不怕忽晴忽雨，也沒有打傘，就在街道隨興的搖晃。

真是「東風開柳眼，黃鳥罵桃奴」嗎？低著頭看著水窪加大，又是一個令人感懷的斜陽芳草處。

3

傍晚，帶著時差的倦容，正在打量窗外的絨布般草坪上的鳥雀，看牠們徜徉在玫瑰叢下，或啄或跳，好個熱烈的招呼，為這個春色滿人間的時刻，還有說不清的打量心情。

此時友人來訪，竟然是在臺灣消失已久的畫友，聽到好友來溫哥華，就一股腦的尋到了舊誼。好個師門同窗，她是胡老師的高徒，我則是在旁觀賞者，不過都是藝專同學，其情其境就有說個不停的話絮呢！

據說在這裡，還有很多的藝術家、文人、名人，來自臺灣畫界、媒體、教育界等等。都是一時之選，讓人聽起來，有點兒於心戚戚然，為何臺灣沒留下這些人。記得四年前，第一次到訪此地，就遇到了周澄教授，與他共進午餐時，他曾說換個創作的地方，或許可以找到一些新意，或許能夠有些「海山微茫而隱見」的心情，不在山川樹林，而在人性的尊嚴上。這些似移民半移民的朋友，是否是如此，不得而知，當前周教授已回臺灣，倒是可以詢之以答。

說起臺灣，他們言詞含蓄，節義泉湧，直接說到在溫哥華的臺僑種種，都希望臺灣能夠團結一致，並且眼光宜遠，不論是教育的延續到經濟的繁榮。宜有先著一棋的優勢，以及作為領先的氣概，好比多年前的臺灣聲望涵容國際正氣，使臺灣民眾有路可走，有燈可照。

是該奮勵的，絕不可遲疑；能夠開展的，亦不容嫌小。常言道「以理聽言，則中有主；以道窒欲，則心自清」，在臺灣的大眾都了解很多的事理，應該熱心參與，提供能力，以求精進。

或許小百姓的期待，並不必太口號化的吶喊，只要能使之感受到在進步，有幸福就心滿意足了。但這樣的要求，則需要給個目標，給個方法，就有很好的引力。不在於口慧，而在於行動。

實在不宜談論過多瑣事，倒是在此地有臺灣私民，從早年（一、二十年前）的移民優勢，到現在的分散少數，似乎需要政府與民間的共同合作，有計畫的移民政策，使在臺灣之外，有臺灣文化與力量，包括企業營運與資源開發，將是個可預期的理想。

已經夜裡十點了，剛剛天暗不久，街燈隱在樹叢中發光，雕出了層次明亮，加深夜的靜穆。在沒有風息卻有雨絲飄落的庭院，看著友人步履移前，有點兒踉蹌不穩，不知是歲月過往的必然，還是異鄉的流浪心情。

4

清晨尚有微雨，街上行人依稀；據說星期一放假的景象，大家都出城休息了。

而我們卻乘興走訪溫哥華的景點。有人說城西靠海是精華區，有人卻以為公園才是重點，或說湖邊的景色，更適宜標記溫城的面相。總之，休閒時刻，在於文化的感應，也在於學養的契合。

樸儉如我，若過於人工化，再炫麗的造景是個不相對的遇合；若沒有人文的設施，多訪何益。記得包括溫哥華城垣的四周共有二百萬人口，而擁有的土地面積，卻有臺北縣市之大，由此可見除了城中地區與聚合社區外，人口的分佈，大都以居住品質的高低，作為選擇地區優劣的標準。這是理所當然的，近幾年，溫哥華曾三次得到全球最適合居住城市的第一名，可見該市的施政措施都朝著這方面努力。

在城市規劃上，簡潔明確。例如建築造型，間距與面積，有一套完善的方法；而且在環境保護方面，除人類生活品質的考量外，包括了動植物也受到相當關切的維護。這種人與自然共生的理念，有助於地球文明的延續。

在溫城裡，據說有四十幾處大型公園，而且均設有主題特色，但最精彩的仍然是生態環境的維持。使公園裡的動植物能和平共處，相互依賴，好比森林之原生林

溫哥華天文館

溫哥華一處公園中的雕像

種，上百年千歲的杉木，或野生花草、蕨類、蘆草，均得到完全的保護。因此，浣熊、松鼠、水獺等原住動物活躍於池林中；水鳥、綠頭鴨、天鵝悠遊於湖上；還有海雁翱翔於海浪激岩處；顯出生氣盎然，大地逢春百物興的景色。

我們沿著沙石小徑，逐一欣賞不知名盛開的小花。有的如絨錦精織，有的如針筆細畫的圖案，妙處在於非人工的造化，不知道自然的力量在教導人類，還是人類祈願而來。花瓣有蝴蝶狀，有四方連續，有相對稱的流行花紋，色彩則是白、紅、紫、黑、深淺得宜，使人看了嘖嘖稱奇。

雖然曾經見過不少以植物為美術創作的藍本，但看到這裡多樣的植物花種，尤其路旁的小花群，竟然使人靜默了，不知是否年老易感，還是眼前的光景，只能沉吟不已。

無語看花只宜說妙，前行默默且聽鳥鳴。看了滿枝雨滴櫻花葉，是青翠的，也是新枝芽，便想起三月整岸的楊柳，此時都在迎風護蝶的，原來樹間初綻杜鵑花，正在爭豔，以及過冬後的玫瑰，正有千朵萬朵蓓蕾正待怒放，還有趕早的蒲公英，白紫飛舞從地面飛起，忽上忽下，還以為是五月霜雪呢！

也好，有雪的日子，總是個祥瑞之兆，就湊和湊和吧，反正都夏天了。

5

靜寂的都會，是有些矛盾的景象的。溫哥華的市區，雖然大廈連雲起，可是最熱鬧的街道，還是有些空隙讓人呼喚友朋，不知是天候的涼爽，使人心平氣和，還是守法成為大眾的習慣，彬彬有禮的招呼，謙讓的態度，或許就是這個城市，讓人喜愛的地方。

再次造訪市中心的溫哥華美術館，看似美國白宮造型，有百年以上歷史，館內藏有加拿大與國際美術品，亦有精確的研究員，在多項條件都具國際水準的設備下，它當然有一流的營運成績。好比今早在列志文市立美術館的參訪，就是因為他們謙和的態度，使參觀者倍感安心，雖然尚有再求進步的空間，但能舉辦臺灣美術名家源流展，就知道那是要費一番功夫的。倘若美術館從業人員都能具有服務的使命感，一個使都會具生命力的美術館必然有驚人的力量。

走過市中心，看到溫哥華民眾迎接初陽，亮麗潔淨，雖有細雨點點卻是風飄春訊，包括行走的青年男女笑逐顏開地闊步前去。不知正在追夢，還是夢境已成，看到他們匆匆背影正依偎消融在初夏的楓槭樹叢裡，頗具詩情與浪漫，不知秋楓來臨時，他們的學養是否像楓紅之容顏。

即訪的 UBC 大學的校園，山頂松風，不濃不淡，雖著厚衣，卻不覺得笨拙，行動在驚奇中快速地走到亞東研究中心，聽說這裡是外國人要到中國大陸留學的語言托福中心，從這裡可看到的中華文化種種，是否有點時空錯置的感覺？然而使人在意的，並不是比較的問題，而是臺灣的文化產業的開發時機，曾和美術史曹教授晤談相關問題，直覺臺灣美術界尚有可精研資源。那麼時間點的掌握該是心思的聚焦處。

走出美術學院，風涼氣爽，似乎喚醒已禁錮的心靈，如何為臺灣藝術界再衝刺的想法，隨陽光照射而炎熱，雖是跛足如渡舟，還是快速提筆寫著：「開眼便覺天地闊」，若有溫暉當前，普照巷道可鮮明，那是件自樂樂人的雅事。

懷著這樣的心情，與惜陰惜時的行動，不作風雲推測，自然水平湖靜，不僅有翠羽流動，亦有飛出適點水，那將是個可親的世界。

溫哥華華僑不少，理應共感共榮，合作鼓勵，卻在餐會後，方知來此移民的寶島同胞，竟也有顏色之別，真是豈有此理，令人不勝唏噓。

刻意來到一群臺灣畫家展畫處，欣賞他們的創作，雖已具有溫哥華風情卻不知他們如何求售；看不到訪畫者，又得耗費場地費，不知他們的生機又在那裡！為何不留臺灣共同奮勵，難道還有古人所謂的「寧窮而生，不願固怯而存」嗎？嗟呼！

6

幾年前初訪溫哥華時，就知道一處維多利亞市，在有如臺灣面積大的溫哥華島上，據說風景秀麗，花團錦簇，而且四季如春，人文聚萃。這種形容地景的綺麗，真叫人想看看它的真面目。況且自己的業師黃永武教授，在此定居多年，未曾親自拜訪，實在是一樁心中掛念的事。

此次再訪溫市，其重點之一就是一定要到老師居處拜望，除了表達敬仰外，亦能看看學人所擇居的原由，是否為了在紛擾的塵世中，多點淨思的定力。

事實上，從溫市到這個島上，必須要有三小時的路程，驅車渡船再驅車，然後尋尋覓覓，張眼搜奇。是那平靜的海水，載負著岩山與歲月，過往的旅客或住民，都能傾聽季節奏鳴，不再回頭的是生生離離的替代，還有是遠處相映的雪山，雖然已不是加拿大國境，不過這如幻的西雅圖，亦引人遐思。

近處栽植的紅杉、扁柏，高聳入雲，以為有千年樹齡，卻只有百餘年的寒暑。不知是土質肥沃，氣候宜長，還是品種所然，或是南橘北枳的效應，在臺灣阿里山的神木，不是說是千年以上嗎，怎麼它的腰細與形狀是相同的？莫非因環境的不同，年歲的計量是不同的標準？

說得也是，馳車過街坊，道旁的雜草也顯得清爽宜人，沒有被踐踏的頹廢，也沒有狗屎或廢棄物相疊，有的只是小黃花小白花相間其間，加上初綻的陽光照射，構成一幅真的不是假的青翠草地，綠油油地帶有幾分絨厚柔軟，還真想臥地打個滾。

這樣的景色，連綿到天邊，也緊接在森林造市的區域。最有名的是布查德花園。這原本是開礦（石灰）地，經過布查德夫人的巧思，種花造景，從一盆小花，到一片花，一園花，終究到了一個廣大的花園。花種繁多，隨著季節變化而更種，知名的鳶尾花、百合花等，還有仙丹花、繡球花，地上長大的如錦似繡，樹上下垂的如帷簾掛窗。日本風格、義大利風窗，或法國庭院，蘇州水榭相映成趣，有處瀑布造景，如中國畫的畫境。總之，整個園區充滿彩色、幻境的氣氛。花仙子、花公主最可能駐足的地方，但相襯為骨幹的花王子呢，就有些不足了。想一想，除了天然岩石佐其骨架外，若能在園中有雕塑品或其藝術之類的佈置，相信這個花園就更具特色了。

倒是在岩壁間，谷坑旁所植的爬藤花束，巧飾雅緻，石澗相絜，花絮垂織，有紫紅、淺黃與淡青，構成的光環，狀似轉輪，隨著光影舞在五月的季節裡，使人想吟詩或想些形容詞讚美。

不是假日卻是人潮不斷，正在換季，主要花種含苞待放，尤其再過個把月，將可看到成千上萬，不同品種的玫瑰花盛開，那時候，蝴蝶、蜜蜂可趕早嗎？但遊客必會潮湧入園，因為天空青紫，花神正在集結，如田園交響曲正在響起。

7

溫哥華島的維多利亞市，果然不同凡響。除了花木扶疏，在全島只有五十萬人口中，從事旅遊業、觀光業、開礦業（已止息）或漁業者，都可以在悠閒的心情下工作，並且近年的電子業也蓬勃發展。其中一所維多利亞大學是栽培人才的地方，學生除了這個大島的居民子女外，來自溫哥華地區，或國際的學生亦負笈來此，使這個城市充滿活力。

活力是人才相濟，互為互佐，才能發揮所長；而不是攻訐求勝或嫉妒諉過，那將是一種爭鬥的世界，其結果可想而知的。而這個島卻恰恰相反，保持平靜，也保持樸素，「釣翁閒情看水動，芳菲林圃看蜂忙」，沒有機心的境界就有餘憩的平實，或許這才能使人恢復意識，凝聚清明。

而我很慚愧，為了小小公務，竟然無能止息心亂。常以為自己可以盡心為公，或自視能對社會有所激發，不覺年歲匆促，仍然心焦力薄，一事無功。而且也疏於立雪之禮，再聆聽師尊教導機會減少，實感阢隉。

此次乘赴參訪之便，專程拜見黃永武教授。近十年不見的黃教授依然精神奕奕，萬壑風清。親聆指導，感受之深實無以名之。看黃教授在此擇地而居，讀經論易，近日雖不知教授治學方向，然看到滿屋書冊，經典全書，當可體會一二。曾試言談之餘，想知其妙，卻無暇再求高理。

倒是窗外青青坡石間，松杉高聳，藤花掛簾，喜鵲呀呀的。斜過的陽光正推開濃影，漸長漸淡之時，幾叢水仙或鳶尾草花的背景，是正盛開的芍藥花姿，隨著微風頻頻點首，忽上忽下迎面揮手，使作客的一夥人，忍不住趨前吻嗅，雖然有點粗俗，卻很入情。

真不知老師何以尋幽訪勝於此，莫非是桃花源情狀，或三徑於林，南山在心，只看到書房掛有四屏書法，內文即是〈桃花源記〉，又於屋前屋後植桃花數枝，雖避霜寒，仍然枝茂葉盛，可是心情？還是齊物坐忘？

拾階而上，點葉即景，鋪滿在岩坡兩側，有點重若泰山鼎力之勢，看似景色支點，卻是書屋人性精神，如此造境，應是一項志業的選擇。

不知是否「恬淡養道，修心養德，棄欲養性，溯逆養氣」的說法，可否是人生的另一種價值？看山看林，總在青嵐浮現上。

揮不去的思念，就在回程說再見時開始，真的使人即刻陷入雲霧中。這一天景明情深，何時能再來呢！

本書作者和黃永武教授（左）合影於維多利亞布查德花園

8

從溫哥華轉到舊金山的行程，不為別的事，只為到三藩市看看來自臺灣的國畫宗師——傅狷夫教授，以及會晤臺藝大的校友們。

僅僅一天的時間，有二件懸念的事，倒使人忘了溫哥華的清爽假期。來這裡拜訪了九七高齡的傅教授，他雖然行動不便，身體衰老，雖炯炯智慧外爍，交談已略困難，但傾聽他的誨示既為智慧亦具前瞻。在不願再提筆作畫寫書時，手指依然隔空比劃，這是近一個世紀的習慣。緩緩地揮動眼前聲息，靜止了我急切求教的掛情；先以「順其自然」告誡，問其然，則說「隨隨便便」可也。他一向知道我凡事求精，嫉惡如仇，所以勉予因勢利導，不必過於認真。聞斯言，則憶起四十年前受教於師門時，老人家曾書法「鍥而不舍」四字相勉，兩者比較，真有時空移轉的體認。

置於畫室的畫具，擺設依然有序。掛於背後的「雙鶴圖」，是楊善深先生的精作，不知是否靈驗，松鶴延年，是畫家永不退色的題材，傅教授也曾勤習鶴畫以配其蒼松圖，並預計在臺北展其創作，只奈至今未見其盛，不知何日可見其松鶴並茂呢？

再看看傅教授收藏的烏龜藝品，近二千多隻，擺設在書櫃上與起居間。小如手指大，大至可馱一個人，石、玉、鐵、銅、布、絨與織錦的材料。所創作之藝品，造型從容不迫，可能與其主人的緩靜自在有關。當有人問起為何不喜運動時，他指著這些長壽龜說：「牠們常運動嗎？」或許這就是他的養生之道。

本書作者和傅狷夫教授（前）合影於傅教授住處

文氣引經史，花叢入書房。「有所不為齋」的畫室，滿桌除了畫具外，就是他手植於室外的盛開花朵，被剪枝插瓶的進入主人的眼前，雖然老人家視已模糊，心眼則更明，他說牡丹豔麗，更愛修竹清空。哦！告別傅老師時，他又緩緩地說：「勉強不得。」

愕了很久，回神老人家的意思，我還要勉強什麼呢？

夕陽西下，水光映現的彩霞，照射在老畫家的臉上，看到慈祥、安和。一群臺藝大的校友，由會長帶隊一併來看看傅老師，說說當年壯志、談談當前工作，彼此笑語一堂，逗得老師也大聲（可聽清楚）說：謝謝你們來看我！

我們捨不得揮手說再見。

客路相逢

1 秋興

天氣漸冷，在北半球的臺灣，依稀可在山林處看到泛黃的落葉。雖然不算有蕭瑟氣息，仍然可看到秋光滿園，尤其是落葉松在吱雜的鳥雀聲中，抖落一地針狀葉片的景象。拍剝作響，是天候的更替，也是心情的起落。

倒不覺髮白年華有何敏感，而是跛步難行的窘態，寸心方亂。猶記盛年為國際文化交流趕場的事，乃是燦爛揮汗追遠志，一則實現服務桑梓的心願，另求眼界寬廣；而今方知「病馬已無千里志，騷人長嘆一秋悲」的意義，雖不會因而合卷欲眠，卻在沉思中多了很多的回憶。

想起各地秋景，倒有如影像再現，美不勝收的讚嘆，使人層層相扣，物物相加，真是個情景交融的境界。

那一年在法國南部的卡斯特城，並轉到阿爾畢市，為的是看羅特列克的家鄉，以及他的美術館。沿途已可以嗅出畫家之所以成功的氣味，乃在充滿浪漫的詩意裡，一景一物、一屋一瓦都是童話插圖的美麗圖案，鮮麗而幽雅，明確而對比。拱橋下流過千年的歲月，不僅是流溪潺潺伴魚忙，也是青石鏗鏗看雲閒，加上不知有多少層的黃葉，最亮的黃葉似白紙，最重的黃枝如咖啡色澤，無法分辨哪個是圖畫，哪些是實景，只覺得莫非我在圖畫裡走動，是一不小心才踏出了門外的現實。

這個置身夢境的秋色，原是藝術創作的要素。羅特列克的畫室，或稱為他的家，他的美術館，就在城郊的河溪旁。從室內望外，穿著清麗的婦女踏著霧痕，在草坪走動，青翠中映現彩虹似身影，不正是羅特列克畫面上的伴侶嗎？哦，畫家的經歷，是個人情感的真實，縱使慾望如人生，人生何嘗不多情，好比此地的風情，天、地、人是分不開的。秋楓嗎？不是黃橙橙帶有點紅紫的樹林，加上赭石色的山坳，略帶碧青的水，加上過往在斑駁的石橋上，這種迷景，是使人張目不真的實境。

想想這個地方的冬、春交替之際，該也是渺渺節氣，耐人尋味；而夏天的豐腴，萬物齊生時，又是薰風知我欲出訪，求取清涼夏日長的況味。

也然，秋風吹過更多的國度，行腳在東西方世界，是有不同感受的。在古巴，只見蔗花飄散，零零落落的，夾雜在已將收成的甘蔗園裡，枯葉熱浪滾動，乾烈如刺身，好不舒服，儘管天青雲湧，仍然不覺秋意有幾分，在這個窮靜的國家，儘管有雨有霧，秋景只能是「今宵記取醒時節，點滴空階獨自聞」。包括在地人的信仰，共產社會中的等待，或神祇的喃喃自語，都不是詩人的閒情，倒是海邊的鷗鳥，在海明威博物館外翱翔，有時候隨波逐流，有時候衝著浪頭喔喔引伴。想海明威筆下的〈老人與海〉，是個不折不扣凌空說秋的心曲，長望海天，平靜依然。

秋煙催詩境，應該在韓國、日本最明確。當然，還沒在秋季到過大陸前，雖知杜甫的〈秋興〉吟唱，那股浩空之氣鋪設大地，卻也能在異域看到很典型的東方秋意腳步。不論是韓國南山公園，植松柏栽雛菊，意興在於秋後的微香；或是在銀杏落葉的餘韻，這種孤高比雲月的淨潔；在漢江水道的溪岸，也能看到蘆花入飛煙上，冉冉昇起莫名的惆悵，不全是消極的，反而有惜時為金的感受。

鄰近的日本，對於秋的吟唱，更具成熟的性格。秋景、秋色、秋容的秋意，是準備了過冬的妝扮，不論是山野、溪旁，或是景點全園的櫻花樹，像似卸妝後純樸，杈椏兀立，卻充滿著生氣。有人說秋收冬藏，春花呢，不都是說秋的涵養天地精氣開始，才能在寒冬後有個盛放的季節。或許在北海道更為明淨，秋風颯颯，鄉城均穿上刻意綴貼的色調，在灰白中畫上粗細不等的暗紅或墨黑，使人深秋抖擻，搓手禦冷，此時更能「美酒聊共揮，長歌吟松風」。若再看日本的秋，是禪是詩，尤其在東大寺或清水寺等名勝古蹟，原在日本本州地緣的容顏了。

還有柏林的清秋，英倫的霧秋，以及阿姆斯特丹的薄秋，說也說不完的故事，縱使微風引秋，有如夢境般，不知是黑白還是彩色。此時，倒是舉目望外，大溪的金面山麓，一群長尾山雀，沿著濃霧飛煙的線痕飛翔，似乎是遷徙過冬舉動，也牽動了自然的枯榮更替。是個時機。

2 冬雪

冷了。天氣是自然界的體溫，有時候熱情，有時候冷酷，好像是人類的情緒一般，有很多的意外，在冷暖之間起了大變化，好比北風呼呼起，或是燒烈如火燄的落差。

當「惟有北風號怒天上來」的時候，大雪紛飛掩蒼穹的陰暗，白雪皚皚是美，還是絕裂，那得看心情，也要看身體了。倘若人我健康，便可能物我合一，不論冰雪或洌風，只當是明月陽光應是暖洋洋的前兆，或春寒料峭已近夏的舒心；反之病懨懨的，雖有雪花飄飄帶笑來，仍然是心沉志消恨寒意的。冬雪是在何時談談最好呢？

在新加坡、在馬來西亞的旅程吧！這兩個地方，以為如臺灣似的四季如春，沒想到，整個的情狀是四季如夏，想想如燄火的熱浪，都會覺得汗流浹背，何況是在當地開疆闢土的勇士。真的佩服在這裡的居民，尤其華僑們，為何選這個地方落腳？想當初這裡沒有空調設備，沒有高樓大廈；也沒有熙攘的商旅，沒有水源，沒有電力的；他們是如何征服環境、開創人生的？想必是家鄉已窘他鄉好的心情，務求個汗珠濕衣裳更強身的結果。要不然，沒有四季之分，沒有冷熱之別，哪知春秋之和爽呀！

這些感想，也同時在印度參訪時湧現。至為炎熱又乾枯的次大陸地形氣候，真不知此地的民家是如何避熱的！除了少穿衣裳外，就是樹林下穿梭，但是綠樹濃蔭夏日長，是不是該有個雨或風來調和一下？所有的盼望可能是奢望一則，尤其乾熱如燒的旅者如我，多麼希望來場大雪豈不美妙，但那怎麼有希望呢？於是想起「雪中芭蕉」的詞句，期待千層雪痕消熱氣，一襲風絮入室來。雪啊！雪在印度應該是受歡迎的，不論夏天或冬天。

然而盼雪、看雪、避雪、怨雪，經歷過程確實也使人難忘。在美國的愛荷華州，有個幾次的造訪，大致在新年二、三月，雪深及膝，白茫茫一片，尚有玉米乾莖露葉的，該是未及收成的農作物，其間不知名的鳥禽踏雪覓食，活絡雪凍天寒大地。樹籬已有結紅果的天竹，更點綴了雪景的灰白，帶著幾分年景的氣象，這樣的雪景倒如想像中的美感，並不覺得冰雪亦有淩厲的脾氣。就有一次經過莫斯科，再進聖彼得堡，零下二、三十度的冰天，從不知它的冷度有多厲害，已著雪衣防凍了，從室內取一瓶可樂外飲，一瞬間看著水結冰的速度，令自己嚇一跳，趕緊跑回室內就飲，並請友人看看自己的耳朵是否還在，真是個冷呀冷的。雪呀，妳又是如何的態度對待這群看雪、賞雪的人。

也因為雪國鎖人情，人口稀少的愛沙尼亞，冬天更是大雪紛飛，積雪數尺，連湖泊都成鏡面，可滑雪、可溜冰，亦可冰雕景象，其中看到釣客鑿冰開洞，從洞口垂釣的悠閒，釣者口銜菸斗，手纏釣線，冷不防魚兒上鉤，剎時間大家忙碌一場。也想起中國二十四孝中的臥冰求鯉的景象，好個古今映中外的契合，是事實，也是故事。

不知寒冬又飄雪的天氣，是否給人類帶來生機與希望。在中國有瑞雪兆福，意指豐雪待融後，必可滋潤萬物，百卉齊生。在北歐的生活，也因為冷靜沉思，儲備能量，致使他們的文化幽深，良質美境，孕育了哲學家、科學家、藝術家的成就。曾拜訪過諾貝爾的家鄉，看過貝多芬的出生地，夏格爾的畫室等等故園。當地年輕人手持書本，出入圖書館的熱度，以及對於環境的愛護，不會因為冬長夏短而有所退縮，相反的，正是寒冬讀書好時節。

「逢知朔漠多風雪，更待江南半月春。」住慣溫熱帶的臺灣子民，在北國待上一陣子後，便有避雪、怨雪的心緒出現；尤其晚春雪融的濕冷，沒一處是乾淨的陸地，雪水夾雜的髒污，會使人忘記初雪如鵝絨般的白淨，反而想起江南春汛的。

3 張望

人，若摒除紛擾的社會現實，便會感受到天候的變化，好比近冬豔陽高照，可是早晚也如霜冷寒意，不添加衣物便會著涼一樣。

相對於社會現實，則難免受到人性原慾的影響，是爭奪，還是分享，全在承受教育的文明上。那麼，文明是什麼呢？是解決事端的方法，還是人心同理的謙讓？從周遭的環境衡量，出現在國際間的現象，常使人無法調適，或者是說無法理解文化不同的結果，竟然只是一線之隔嗎？這一條線是人性的必然還是人性使然？因為在取與不取之間，或在你我之間，都是可思考的界面。

遠的不說，就從美術史發展來說。在東方國家，美術史的陳述都是從中國開始，尤其臺灣的課程，美術發展自甲骨文的圖象，或更早的岩畫算起，沿著歷史的軌跡而來，便是三代、春秋、戰國至宋元明清的美術發展，偶或提到日、韓等國外，相關在東方的美術國度，如印度、中亞，或南亞、越南等的美術狀況，便被忽略於學習的路途上，這樣的美術史，又如何使學習者，能夠開眼望天呢？而相對於中國美術史的西洋美術史課程，從一開始除了談談埃及、巴比倫、義大利的美術發展，就以法國為中心的美術為經緯，甚至只對法國文化進行洗腦般的詮釋，使自己看來很像法國人，甚至有人到了倫敦的滑鐵盧街住宿時，還認為是倒霉的事，因為法國的拿破崙就在這個地點被打敗的，殊不知那是英國人驕傲的事。

西洋美術史的衍生，使法國至今還是被鎖定為宗主國。但美國美術史，英國、德國、北歐的美術發展都有很特殊的面貌；而且藝術的精到處，貴在特殊與象徵意義，倘若只尊一國文化之特徵，而忽視他國文化之成長，這是知識的偏頗，也是文明的陰影。當前在臺灣的文化工作者，若不理清現貌，而一味以法國為中心的美術大旗作標的，那麼，世界的繽紛就不見了。

當然，我們不是排斥某一個國家優質文化的獨佔性，卻也得在多元文化的特質中尋求趣味性。好比在法國處處可感受到的文化，不僅是在博物館內有完善的收藏，街道上有雄偉的建築，且是裝飾性極具優雅的造型，或是水岸燈光映河床的鮮活；顯現在生活的悠閒，是百年以上的咖啡飄香處，或是幾世紀前就規劃好的廣場，包括了植栽千紫萬紅，在庭園，在陽光，在巷道，佈置的花團錦簇，感人肺腑。這些景致是法國人的習慣，也是相傳的藝術成果，使人想起法國人的祖先是否比較能為後人著想，不會把財產留給自己的子孫，而是留給了整個社會，所以他們才能擁有數百年以上仍然活氣神現的藝術生活。

接近南方的西班牙與法國南部，常在晌午之後，有一群老人家在丟鐵球的活動，同時隨處看到在街角喝咖啡的過路人，以及在庭園蒔花的人們，躡足問候，才知道這是他們高盧人的習慣也是健康之道，傳承千古，保有康寧。

說到了人種，便想起義大利人也有此習性，他們可以在河岸邊，或在高岡上吟唱心曲，高歌凱旋，或來一曲《桑塔魯淇亞》，歌聲飄過海越過山，不論天翻地覆的震撼，地貌已杳然，真個「萬苑荒臺楊柳新，菱歌清唱不勝春」。我們也可以聽曲節奏高昂快板的西班牙歌，是《卡門》曲也好，或夾雜了非洲的鼓樂，從歐陸到中南美洲，只要有飲酒用飯，必然是黏巴達曲或森巴節奏，先熱鬧一番。看來不全是為觀光客的演奏，而是生活的一部分。每一次看到、聽到這些情狀，不覺手舞足蹈起來。當場也想起自己的家鄉，也想起小時候，鄰居家人亦有吟唱吹奏南管的娛樂，而今何在？難道這種與生活相契的藝術，或稱為民間藝術，就在所謂的民主時代被淘汰了嗎？還是我們存在於全新西方世界的迷惑，因認為是進步而丟棄那些珍貴的文化遺產？還是文化的認知酵素，滲入了蠻橫的政治味，使原來純度潔淨的文化酒變了味，也發了臭？

不知酒文化是否也是一個國家發展的激素？歐洲人很會品酒，除了西班牙外，法國是第一等酒國上賓，酒廊、飯店、家宴、小酌、各類各式的酒品任君選擇，不僅是提供倒酒服務生，或是品酒的消費者，在取用之間所發展出來的文化，既浪漫又高雅，身歷其境時，有如置身在宮筵的杯影恍惚中。或可以看到沉醉於杯中物的醇香，乃是談心斷事的媒介物，於是在時空交錯中，一年十載，或更久更遠的地方，都很一致的在酒的文化裡，呈現出不同民族性格與風情。從法國沿著地圖北上，德國、瑞典、立陶宛、愛沙尼亞等等都有酒品的提供與活動。

令人印象深刻的是德國的啤酒屋，以及愛沙尼亞的古堡品酒晚宴。前者是狂歡式的心情抒放，一進啤酒屋，初尚淺嚐，不一會兒受到現場氣氛的影響，放懷狂歌，而且還會隨著音樂節奏跳起舞來。這時候已分不清誰講什麼語言，或者是否聽懂哪一句話，反正是喲喲喲、碰碰碰的來回穿梭或擊掌，真是粗獷得可以，陽剛不屈的吶喊迴盪。相對的，在北歐國家，有很多的古堡，據說是百年前尚在的郡王或統治者的防禦工事，或是作為度假的別墅。就建築藝術來說，既為造型之巧思，也是一種文化的象徵。而今人去堡空，就是時不我予的變易了。但被政府所保護的文化遺產，必也有其可讀可感之處，因此在古蹟再生的理念下，或作為博物館，或餐廳的交誼場所，都具有一種說不出前世今生的夢境。因為時間的累積，或功績的刻記，都可能在這些古堡裡。當主人引導入場時，沒有過亮的燈光，只有在桌上相映成趣的燭光與玫瑰，以及對對佳偶或友人，斯文地循著女仕男賓的禮節入座，然後服務生彬彬有禮的介紹各類紅白酒的故事，已經使人未啜酒香已半醉，加上悠揚的弦樂曲調，在現場演奏，不知是真是夢的感受時，端在手上的紅酒，誰在乎它的品牌是否法國製或是義大利釀成。可是一杯啜飲年華，一杯祝禱人生的。

論文化是說不盡的，不論是哪一個國家，都有的飲食習慣，可粗獷些，也可溫

法國一開設於古老建築物內的餐廳 (© ShutterStock)

雅些。可能是「壯士一別不歸期」的告別酒；亦可能是「吳王宮裡醉西施」的迷惘；或者是「買醉街頭別親友，流浪一生且飄泊」的無奈。猶記於蘇聯解體時，到了莫斯科城裡，看到衣著整齊，卻手握伏特加酒配洋蔥的景象，是禦寒呢？還是保暖？在灰白寒雪的映襯下，友人的紅臉鬍鬚眼望空的神態，不覺使自己也想來一瓶烈酒下肚，好個一醉解千愁的。

在國外遊歷，與生活文化相關的，除了酒文化之外，便是色彩的選擇與應用了。通常在文明程度越高的地方，它的色彩應用，大致上都是中性色，或低明度與低彩度的調配，例如法國、義大利人的穿著，會在造型上力求變化與織飾。若需要對比色時，是採補色調的設計；好比他們的建築的色澤，絕不會用廣告牌掩蓋掉，而是在灰暖色調中，使街道因人的活力而呈現一份幽雅而豐富的生活景色。即使是東方的日本，亦在色彩中降低它礙眼的部分，以中性色調作為母體，而衍生出疊疊層層的色階，既豐且富，既多層次且統一；相對的印度、菲律賓或東南亞的國度，其衣飾之琳瑯滿目，或是原色相間，加上天候溫熱，人我擁擠，已足夠使人望之木然；

若如臺灣的廣告牌推架到街中間線，其感受又如何呢？

那麼，食品的包裝又如何？這是日本的、這是美國的、這是歐洲地區購買的，其實不必看文字或說明，從包裝就可以看到哪一個的產品。猶記得德國包浩斯運動時，歐洲乃至國際上的生活產品都以人體工學作為基礎，改變那些原本古典又繁複的包裝藝術，使二十世紀的工業設計有了新的契機，但就美感的要求來說，簡而美、小而精卻是現代人的最愛。生活上的需要，固然以實用為主，若加上有適度的色彩設計，或巧妙的禮品包裝，必然可以引發出「巧在精確，妙求自然」的效應。

臺灣身為國際社會的一分子，當知道如何去蕪存菁，或創造新視覺，不僅在有形的物象與生活上，更在高雅而雋永的美學理念上。

近年有機會走訪國際都會，有很多的感受，有些是值得參考的，有些則是可以自我惕勵的，但「萬事到頭都是夢」，「明日黃花蝶也愁」。講的再多，不如盡己之力，有個起頭，行動就有目的，何妨說說一些異域見聞。

相看南星望北斗

1

並沒有經意到，從炎熱的北半球飛抵南半球的澳洲，可能經歷到冷熱對比的觸覺感受；也沒注意衣著厚薄對於生活調理關係的重要。

為了教育交流，一群來自臺灣的藝術創意教育工作者，特地趕來澳洲參加相關的研習會，以科技為基調的藝術教育，是足夠雙方學者專心的主題，也是廣泛而具前衛的議題，它指引新世紀該有的新思維、新行動。

我躬逢其盛，虔誠而真切。

首站在雪梨城區搜尋新奇文化，或說是值得觀察的人文環境。多年前曾來此作客，印象深刻，例如市中心的街巷，高聳入雲，間夾著古雅幽靜的維多利亞式的房舍，一股濃濃的英式造境，直覺上便有一分謐靜文明的氣質，使人感受到英國人的拓荒精神，具有先進優勢而驕傲的條件。

這種移民措施與遠見，比之明代的鄭和艦隊，據說也曾到澳國達爾文港的目的

雪梨市街

要實際得多。雖然英國人也有宣揚國勢的動機，但如何統領這個土地，並擁有更具體資源，遠比中國船隊的過往有更多的盤算。這項強烈的對比，誰是誰非不可言喻，但見滿街人群動態與視覺經驗，就明白或許英國人的務實史觀，較之中國人的禪悟結果，顯然快速而有效。面對人類積極對資源的爭取，我常想起祖先的恕道與承讓是否要再延續傳承？

街坊居屋新舊皆雅，有百年的工人宿舍、有碼頭公會場所、也有政府官舍夾陳其間，或為靛藍、鵝黃或寶綠的，與雪梨海灣水色相映成趣，加上入時的青年男女活躍岸澗旁，廣場上出現一股青春氣息，與踽踽而行的老人孤影成了強烈對比，使這個城貌顯得具矛盾活力且諧和溫煦，配上飛舞的雲影，搖晃串串詩情，美極了。

街樹蒼老卻葉茂，從年輪估計，總也有數百寒暑的成長，想當初建城造街的澳洲人，是如何擇地而築，依丘臨水的設想，才造就了雪梨的美麗市容。

每到一個都市，總喜歡比較市容與街景。這個雪梨城，除了是澳大利亞人的最愛外，移民之多也是值得稱許的，因為並沒有刻意在族群上排擠外來人種，臺灣的同胞，也樂意於此安居，處處鄉情、處處臺灣人語的市郊，使我這個訪客，倍感親切。

隆冬來此，有如春色待發，在草青水碧的雪梨港內，帆影輕移，加上歌劇院似帆的造型呵成一氣，海鷗逐浪，年輕人攀越過鐵橋，好像趕忙參加在雪梨當代美術館開展「新媒體藝術」。現代人得趕上熱潮，也得迎上時代。當然，包括澳大利亞不斷創新的文化環境，也是吸引大量遊客參訪的原因。

我們一行人，懷著期待，想到此展開合作。從大學教育開始，其中相關的新措施，以時代、科技、創意的教學，值得再三磋商研習。

2

十幾年前曾到雪梨來，參訪城裡種種文化設施。印象深刻的是，全市迎合國際文化藝術發展潮流，舉凡當代的、現代的藝術創作，都在這裡匯集展現。實質上它是在歐美之外，現代藝術研發的國家。而且對應這些前衛的主張，必然是澳大利亞教育工作者，有前瞻理想，並積極規劃的結果。

而今參觀雪梨科技大學(University of Technology Sydney)，有二萬五千名學生的大學，究竟有何教育觀念，能引發大批學生到此就學？我們在初步了解與細心的請教之後，才明白一件事，就是教育方法必須要具創意性、前瞻性與理想性。他們以企業性管理與有效執行績效外，如何整合資源，應用科技知識，是他們一貫的堅持，也是澳大利亞近幾年來國力增強的原因，其中促發社會發展的成績，更令人刮目相看。

例如新媒體藝術的實驗與發表，成績斐然，也是澳國在國際間以電腦作為基礎，所發掘的「新資源、新產品」在人類生活美感與品質上具有領先的地位，包括電影、動畫、建築或設計，都在這領域上有輝煌的成就。當前資源缺乏、競爭白熱化的藝術創意市場，澳國這種教育新觀念領先了很多國家，其中包括臺灣在內，當會看得更清楚他們全國上下一致投入教育的精神，是很值得借鏡的。

就這一層面，別人是「山上層層桃李花，雲間煙火是人家」，而我們是否也能有個唱「風輕水明平湖靜，待綻蓓蕾處處開」的機會呢？

藝術數位化、商店數位化、教育也數位化，應用於科技中的電腦與媒體研發，然而入簡易，入繁難，換言之數位內容該是我們可以掌握的，那些深度創作、深度知識，尤其是東方美學，該是我們的特長，豈能緊隨他人影，須有明眼辨四方才行。教育目的與內容的講究，是成功與否的要件，他山之石，我們看見了。

我們不得猶豫，也不宜尾隨他人功過，一切要自創新機、自創品牌。儘管是相像的市場，或休憩的廣場，都有意新志明的風尚才是。

即如夜景冷颼颼的街道，行人仍能信步欣賞經過整裝的燈飾，或是遲關的商家，在燈火下悠閒地打理商品，待明日客官上場。

停步、定眼看風絮，煙迷霧濛，我想起「足跡雖在人情遠，只留離思在窗前」。雪梨的夜，沒有臺北東區那麼炫目，卻散發了朝氣蓬勃的氣息。

3

仍然在雪梨市郊參訪。沿路入眼的鐵橋，歌劇院雖已熟稔，但風格特立，象徵著澳大利亞人在現實環境中，突破傳統習慣的視覺經驗，以生活創意、多元美學風靡國際。相看水濱新矗立大廈，不礙鷗鳥飛翔，雖是常有造樓高過數尺的建體，但依然滲入美感因素，連接藍天白雲，好個攝取鏡頭美景。

就在林木深處，有棟澳國足以傲人的電影學校。映入眼簾的是嚴密的出入管制，而且行禮如儀，使訪客收拾起參觀心情，導入研習的態度。除了接受簡要的介紹外，直接切入工作經驗的討論，在短短的二小時內，使參訪者有如數天研習的心得，講究實務與效率，令人折服。

這所學校影響了澳洲電影事業的發展，成績斐然。不論是傳統的電影設置，包括場景、劇本、攝影、導演、製作……的學理與技術，均保持高昂的情緒奮勵；而新媒體所強調的數位電影製作，結合動畫、多媒體或虛擬場景，表現在科技與人文的結合上，也令人感佩。其中重要的因素，不論是傳統或現代的電影製作，都在深化美學、面對國際發展趨勢措施上著力。

即如傳統中的佈景製作、圖象繪製、導演、分鏡，或是燈光控制的基礎學習，不會因為電腦科技的進步而有所怠忽，反而要求有文學修養與人情倫理的精神，來駕御這些技巧。

現任的負責人M. Long說：「人的社會不外乎美感的匯聚，人性與人的工作，是我們

澳大利亞影視學校

專注的對象。」這是一針見血的理念。事實上，這是當下主張創意藝術工作者應有的態度，而不是只說不做或胡搞一通就是創意。他的話值得省思。

不僅如此，這所名滿電影界的學校，包括校長、教授都有任期的，並非是一職終身，或只有校長更換，教授亦然如此。因此，學校行政運作都以契約訂定。據說大部分的專家學者都來自業界的合作，甚至業界的人，亦以其專長到學校任教。

這項制度，活化教育水準，激發創意本質，使產學互動，師生共創新天地，而且平等相待，不只教授選校長，學生或校董也在選教授……並沒一職定終身的權利。這也是我們可以參考的制度。臺灣教育界，尤其是「教授治校」的口號，是否也能有所思量？

有良好的運作制度，必然有優良成果。好萊塢的名人榜中，從這個學校畢業的，不知凡幾；而創意電影在澳洲，普世皆知，促成了澳大利亞電影事業的蓬勃發展。

說到好萊塢，李安是家喻戶曉的人，澳洲人當然也明白他來自何處，對來自臺灣的我們，當然禮遇多多，我們與有榮焉。但下一步呢？是否有個良策振興臺灣電

影事業，是值得再三研究的課題。

4

冷風飄零，濕人髮梢，冷呀！在七月南半球的坎培拉市，我們一群為新媒體藝術工作的考察者，似乎每個人都有被數位化的對待，一會兒穿越攝氏三十度的溫差，一會兒面對衣著互異的環境，包括春天是三月還是七月的錯置。總之，到了澳洲首都時，才知道七月炎暑的概念，在這裡是不對的，猶記「浮生共生日，日月亦相同」的推理，看來時同空異，生活承受是有極大不同的。

冷啊！七月在坎培拉，凍得身軀發抖，哈氣連連。

但是啊！朔風吹拂，仍然阻不了來此作新媒體藝術的教授們。一連串參訪澳國有關數位內容與電腦動畫的設施，容易感受臺灣過去在數位化努力，宜再加緊腳步，否則國際性的電腦文化，亦將無法與之並駕齊驅。

動畫遊戲、數位資訊、虛擬實境、人文解析，或相關之科技教育，澳洲人已採積極進取的態度，在追求世界之最。雖然臺灣在這方面亦有傑出的表現，但時地已變，若沒有更具體的政策與教育，數位化的世界，恐怕只能是「偶寫閒情話桑梓」的遊戲了。

整天的新媒體藝術發展研討，臺灣與澳大利亞的教授，目不轉睛地注視著對方，或是不同創意卻有相同目的，可說是四周佈滿智慧情思，共擁新媒體所能展現的可能，不僅是藝術的追尋，應用在人文品質的設計，都可以在坦然應對中討論出亮麗可行的結果。

當研討會時間，一直在延長時，不知是意猶未竟，還是掄才第一是誰的競合。熱烈情緒衝散酷冷的天候，這一個首次澳國、臺灣的新媒體藝術的學術討論，屬於實務層面，期待此項新產業對於兩國人文科技有很大的貢獻。

5

近十年來，未曾再到澳大利亞訪問，對於此地的美術館亦漸疏離，不知其有何發展的同時，眼看臺灣博物館界亦趨於紊亂與保守，推想國際博物館之營運可能也出現營運的困境。

理所當然地想到當年澳洲與臺灣合作時的盛況是否依然？尤其當代藝術創作的交流，這兩個國度是性質接近，發展情況是相當的。以臺灣當前一群當代藝術家活躍於藝壇的現象來說，當可與之相提並論。

果然雪梨當代美術館之新媒體藝術展，顯然在追求國際性風格，倒亦有些活力，只緣於澳大利亞風格不顯見，因而被視為隨風飄定的創作，總缺乏一份

雪梨當代美術館

文化特質力道。與臺灣的新媒體藝術家的作品沒有太大的區別，均屬於全球化的「熱狗式」的衍生作品。

或許文化學者關心地區性與異質文化，是促進文化創意的原因。澳國的博物館專家，便很積極為澳國博物館界使出正確的力量，除了加強博物館功能的發揮外，在這十年間增加了營運的經費與方法，使博物館在教育與公益上，有很大的感染力，尤其知識與價值的取得，肯定了博物館對社會發展的意義。

更甚者，二〇〇〇年完成的國立美術館開幕，以及原有的戰爭博物館。除了提供澳洲人的文化園地外，同時吸引大批的國外觀眾，對了解澳大利亞社會，是有很大的助益的。澳洲人運用博物館的功能，強調他們在文化與社會變遷下的歷史，除了肯定大眾的胼手胝足，以建立人生價值觀外，就是教育大眾如何愛自己的國家、自己的土地、自己的生命。

使人敬佩的是澳洲人投注在博物館營運的心力，力追國際品質要求的標準，另新創了與科技結合的水準，都在上乘階層上。即如這所新完成的國立博物館，全以電腦配合實務作業，也結合數位化程序，採取互動式導覽，使觀眾感覺有參與感，增加學習的興趣。雖然有些複雜，但寓樂於教，似乎是博物館從業人員必須面對的課題。

新的一定要有創意，也得有美感的訴求。走出這所美術館，庭園明亮，雖然冬樹蕭條，可是遊客如織，在坎培拉市看到參觀美術館的人潮，著實有些驚異，因為全市人口只有三十二萬，美術館卻能吸引眾多觀眾，應該是一種進步社會的現象。「風透柳條動人影，冷凝窗扉靜湖臯」，獨自踽行，思索著如何尋得一份安寧。

6

匆促的研討會，在密集的二天行程中結束，對於快速且極需要討論時間的新媒體藝術發展，有熱烈期許與作為，在臺灣、澳洲專家們互動之下，意猶未盡的感受油然而生，相約每年至少定期在這一新媒體工作上持續合作與發展。

這項計畫與承諾，使每個與會者激動而亢奮，一時也忘了到坎培拉二天，還參訪什麼嗎？就在急促中，空下二小時的傍晚，有人提議，是否可以開車繞城一周。這個提議很受歡迎。

坎培拉是澳洲的首都，是刻意建造的都會，人口不多，土地廣大，雖然建築體簡雅分佈在植栽樹木羅列之中，卻看不到有熱鬧的街坊。

不知是嚴冬不便出門呢？還是人口稀少？或者來自臺灣的我們看慣了熱鬧喧譁場面，對這裡有如渡假村的疏散不習慣嗎？該有個答案吧！究竟是多而急（快）好呢？還是少而慢好呢？

會場內的討論是要快捷的新媒體藝術創作實力。相對的時間是決定成敗的重要因素，錯過少許時間，可能機會盡散，尤其電腦科技是創意產值的必然過程，它是急急如律令的壓力，任何一項事業的領先就是「快」的驅力。誰說急不得呢？所謂欲速則不達，在這個時代究竟是對還是不對，則看情況的掌握了。

會場外的空曠，景寬人稀，慢條斯理，秩序井然。人的行動在謙讓緩步，包括耐心排隊，或使用公共設施，所以會感受到悠遊的閒情，人的價值觀顯得有意義。

因為唯有如此，才能欣賞美景、美食、美服等美的組合，所以「慢」是受倡導的。

又是兩種現象，兩樣心情。

感受坎培拉市提供這些條件，連水鴨、飛鳥也悠悠飛臨，早春的花卉樹林也慢吞吞地醞釀春訊花開，空氣也不急躁，清新涵蘊充足的氧氣，使人可以大口大口的吸納。是在市區內的街道上，風的顏色自然與蔚藍天空相似，明澈地為這個都市染上一層生氣。

然而澳洲人的性格都有一種打算，那便是快速如閃電，在科技、教育、商務、國防的建設上，絕不可能慢慢來，尤其全球都在講究數位化，以迅雷不及掩耳的速度，開發新產業，包括數位化內容的囊括與應用，使國際的資訊傳達科技，成為他們產業的重點。其中新媒體藝術的開發、新思維、新創意的產業源源不絕，這些要快、要急、要領先，只要合乎規律，澳洲人是開超快車前進的。

一切講究實際、務實，說是現實一點又何妨，澳國的政府組織與民間活動，都在「生活」的實務上著力。他們說要政府運作有企業化的精神，那就關乎「快與慢」

交互運用的道理了。慢是快的基礎，快是慢的激化，或許美食可以慢慢享用，學習則要快快成長。坎培拉在寧靜中建城，與世界古城相比慢了些，卻在科技應用上急起直追，而成效廣受好評。

我們來此參加的「臺灣、澳大利亞新媒體藝術」的學術研討會，也算在他們國際交流策略的一環。

7

澳大利亞的繁榮地，是雪梨還是墨爾本，先前即爭議不斷。這兩地都在爭取設立首都的機會，卻在不願讓步下，只好選擇中間地點坎培拉建立新都，使墨爾本失去文化領先的優勢，而雪梨也少了政治中心的繁榮，雖然這兩個都市都是澳大利亞的都會明燈，其都市性格亦有所區隔。譬如說雪梨的工商業活動較多，墨爾本的文化品味較近英國，就市容規劃來看，是很容易分辨兩個不同城貌，若說雪梨有紐約的影子，墨爾本則有利物浦的城貌。

今午飛抵更接近南方的墨爾本，出了機場，才知道它並沒有坎培拉的冷天氣，而且人氣旺盛，是個有三百萬人以上的大都會。除新建的大廈具現代風格外，古街道的設計像極了英國的利物浦市，連房屋造景都是維多利亞風格的古街道，使人看見猶如十九世紀的人文品味，富有典雅氣質，也讓人感受到歷史價值，感知時間流逝。在人生際遇上，有悲有喜，雖然沒有人越過不散的筵席，但凡人執迷世俗爭奪，卻是永不清醒的循環，在這個都會或許也能感受當下的生活價值，完全反映在現實與理想的交替中。

看維多利亞式的建築，英國紳士精神在都鐸風格造景上，結合土丘弧線建屋，起落與縱橫之間，顯得「曲徑通幽」或明暗對比的方位，是否是天地、自然的必然，還是美學理想的呈現。

深深體悟為墨爾本造鎮的人，是個人文涵養至深、美學獨到的工程師，當然也是一個有作為的領導者，才能使都會在百年以後，仍然充滿了生機。碧水青山依舊在，叢木公園、鳥雀鬧春的情境，代代傳承著人性的謙和與英式的美感。

空間不移，時間便會反芻。在墨爾本市，除了百年前的建築依舊美麗外，文化活動可能是澳大利亞的核心。街上行人舉止，商店佈置或教育設施，均在持續的進步中，而且凝聚國際間最具水準的展演團體與會，使居民享有一流的精神食糧，是多麼令人羨慕的環境。

臺灣駐澳國的文化邱組長不停介紹近日的文化大事，如畢卡索畫作在墨爾本博物館展出，而郭副處長也說雲門舞集亦將在此盛大表演等等，包括每年邀請的國際戲劇、新藝術工作坊的實施。若此地沒有高品質生活要求，如何能展現這些高水準的藝術活動。此道理無他，乃是澳大利亞人教育理想的呈現。

看墨爾本的教育活動，除了採取英國式的學制外，另有諸多的創

墨爾本舊市區

意措施。好比學術領域的堅持深切成就，但行政營運則採企業精神以有效提昇效率，並且賦予每位教授的相當責任。不僅是校長等行政人員或教授群的任務，都注重在實務的推展上，所以在臺灣可以看到很多的澳洲教授，多利用機會行銷該國的教育方略，並招收國際學生。關於這一項工作，詢問何以如此，教授們說這是他們的職責之一。聽之令人感佩。

教育年報刊登墨爾本大學是國際排名的前五十名，而相關的大學亦在百名大學內，與臺灣藝術大學簽署姐妹校的狄肯大學亦具名望。當我們參訪他們的藝術學院的部分設備，他們不計成本的投資在新媒體藝術的研究與發展上，給我們很大啟示的是積極性與執行力的發揮，並如何結合社群資源，是一項可資應用的方略。

有如花園的墨爾本，藝術文化、教育資訊、民生美學，都可在充滿活力的學校、博物館、圖書館、文化中心展現，深入、品質、卓越、永續經營的楷模。

幽幽望北斗，默默寄南星。我在澳洲的筆記。

新宿

有料

1

對於急變的社會發展，來到東京，有點陌生又有些熟悉，其中包括了自然景物與人情冷暖。

從機場到新宿的高速路兩旁，除了處處蔭綠外，就是嶄新高樓矗立其間，與二十年前的舊城貌，是不可同日而語的。

炎日氣候，濃密樹林間，群鳥翔集，似乎在築巢，也應該是家族式聚噪，好不熱鬧，與悶熱的東京是很相稱的，尤其是忙碌閃影層層疊疊的，匆忙眼神不斷睥睨全場，腳程也加快不少。

箭步跨過擁擠的街巷，不得不仰望矗立雲端的大廈，新宿的市政府建築群，有點兒紐約的影子；除了比繪製還精準的建築體外，一絲不苟的工程品質，想必是日本人吹毛求疵的習性使然。要不然地處關東地震帶區，如何能確保建築物的安全，進而追求人性化的藝術造景。

我走過市議會的簷廊，直行到市政廳廣場，觀賞以雕塑藝術美化直硬水泥石材建成的大廈。即便是小小川堂旁的小水池，也都表現出日本人細緻惜物的個性，使環境更加適性美觀。

隨著人潮搭電梯直上觀景臺。近五十層的高樓上，沿著透明窗口，遠眺東京全市，只覺得樓高風勁，除了偶飛眼前的白雲外，看看高低不等的樓房，佈置雅致的公園森林，便明白為何建築開發的同時，必然要保留綠地的需要，除了可以調節空氣外，更

東京市政廳

是大眾喘息的窗口，包括生理的呼吸及心理的舒暢。

況且公園綠地規格，似乎也能為某些特殊的人物立碑建廟，是提供文化觀光與資訊的好地方。好比明治神宮就在新宿附近的綠地林蔭上，是個有氣勢又清幽的朝聖地，遊客在這個庭院上，悠然有個思索的機會，歷史、人文與當下，尋覓一項「生之態」的價值。

參觀景物，不如體驗文化現象的流動。從高樓底層走進地下街，看著湧泉般從地鐵出口處鑽出的人群，如螻蟻般在地洞穿梭，真不知是為生存？或為理想？算了，還是想點實際的，看看不同的社會，有何不同的人生際遇。

地下街，可是日本人生活的重心？為何店店相連，百物群集，忙碌的民眾惶惶地趕集。或購買便當，或選取零食，熙熙攘攘好不熱鬧。

試圖選購一份熱騰騰麵包之類或冷麵，店員打量我們二人的食量，便道只能當天用完，意思是說，買了不吃完，隔日將不宜食用。這是道德的問題，也是誠信的商譽。再試幾家，依然，必也在售出前，說明清楚。這項舉動，使我陷入了對商譽的另類看法。

日本商圈是何時養成童叟無欺的習慣的呢？是大化革新？還是明治維新的教育措施？可能都遙遠了，也不必再行尋究。倒是把環境整理得清潔有序，已然是日常習慣，例如開車前必先有幾分鐘擦拭車體的時間，所以街車如新，當然包括計程車內的椅墊，這是一項好習慣，也是觸動文明的機靈，令人好生敬佩。

至於街道秩序，除了行道樹有人專門修整外，在炎熱的六月，行人是「綠蔭蔭人夏日長，鳥雀群棲枝頭亂」的自然風景，都市風情並不因為街上車水馬龍的喧囂，而與自然景物隔絕，依然是和風習習，雲彩高掛。也因未見廣告牌障眼，或違章建築蔽天。好個自我淬礪的國度，倡行法治的修維。

每次到日本，就不預期地受到視訊的影響，而陷入一種莫名的比較情緒，原因在於「日本能，我們為何不能」的沉思。無關政治、經濟，卻有關文化衛生與生活品質的追求，同樣處於歷史陳述、自然環境的適應，一種精神的內聚，在日本是單純而具信心的，在臺灣則有不定性的解釋，好比書道或禪道，究竟是涵養心志，還是誇張獨特？

或許到了日本，可以是「入道場而隨喜」，參訪觀景、努力提昇悟道，期待「則修行之念勃興」的情境上。我張望四周，看看是否斑竹半簾，或黃粱一夢，亦能在知己知彼路途上，有個起碼的交待。

2

從地鐵湧上來的人潮，觀摩他們趕路的腳步，或服飾，除了紊亂中開步朝向目的地的急切外，步履是搖晃的，是跨躍的爭前，說不上有何優雅的姿容，卻仍保持通暢的舒暢感。

之所以沒有突兀的人影，而且秩序井然，莫非不僅是人性的教養，也是外在形式的自修，好比穿著上的講究，色彩的調配，會影響人的氣色。所以日本人都很在意衣著與行頭的搭配。其中強調五彩六色的融合，在色相、明度與彩度交互彰顯中，調節視覺焦點的投射處，使每個人的性格凸顯明亮。

因此，縱觀日本人衣著色彩的搭配，大致是以中性色為主調，並採明暗對應與冷暖色對比作為配合的重點，不以原色的鮮麗或重色的塗彩，只應用灰色調作為基礎，就能增加色環上互為調節的鮮豔色澤。這種降低明度與彩度的主張與實踐，一則減少視覺的衝突，再則也凸顯色彩的個別機能。

日本商品之所以精妙可愛，必然在色彩應用上有獨到的見解，加上用心於完善的追求，它的商品必有其感人的巧思。由於色澤應用在生活上，所以，服飾在平和中綺麗有加；街道包括行道樹參差在質量的對應中；建築藝術空間規劃，亦在左擁右抱的整體疏密與造型的互濟裡……使遊客目不轉睛的，或使人感受的舒服感，有如一軒明月、十里青山的會心，該是理當如此的。

但是人的社會，乃是群體智慧選擇中開啟的明燈，好比「月有意而入窗，雲無心而出岫」的人情集韻，任誰都知道秋高則氣爽，雲閒則天真。當人與人之間都在「順眼」的環境佈置要求屬於喜愛的對象，至少是可以接受的美景時，日本社會的心思是細膩而有效的。

小處看，如個人裝扮或生活所需，即便是便當的菜色，或是陶碗的選擇，連桌巾的鋪陳，都一體成系統地被應用著。大處著眼如街樹街燈，或街角的小花圃，修剪整潔如新，使停棲在高樹的斑鳩，或烏鴉亦頻頻飛衝在行人道上尋食，這種景況合譜著溝渠水流聲，自然適性，誰又會想到此時正身處新宿的鬧區呢？

若色彩調和，能不溫不燥、不寒不縮，就有股溫馨的感應，可深入人心的也溫暖貼心，又能顯現人我共感，藹然可親的悠閒，真是美妙極了。

如此的造景造境美感，日本也應用在產品的設計上，不論是生活需要，或居家造舍、穿著衣飾、提物配件，巧藝自然；連街著機械造型，也導入藝術創意範圍，如汽車或重機械，其機能運作，勁道之美，在於安全色澤上加入了力學原理，總讓人思之再三。

這種精益求精的巧思，豈非是全民的共識、日本意識抒發的目標。但凝聚此一美感社會的力量，該是教育者的苦心經營，百年樹人的成果。

3

說到教育，是邁進文明社會的途徑。一個國家的人民，必須要受良好的教育，才能有富民強國的機會。

但教育要有目標、有方法、有愛心，才能有具體的行動。教育的種種是使個人變換氣質的方法，當然目的是善的，也是無止境的追求卓越。所以《中庸》才有大學之道是止於至善的理想。因此，積極存善是我們的目標，奮勵向上是價值的標的。

到日本來，已陷入一種無形的比較情緒，我又有了情緒，又開始批判該是或不是的現實。舉如日本秩序井然守則，是遵守規律的堅持。凡事己所不欲，勿施於人的原則內化為法律時，國民必然謹守這些律則。所以購物排隊、走路依則、打掃庭院、清潔環境，擦拭汽車等等；包括街上車隊，不論新舊車輛，均乾淨如新；依此類推，不論是衣食住行，都列入自律的道德修養中。換言之，不得超越法律的約束，這樣的結果，可以張眼看看廣告牌的視覺效應，它不會過亂、過大，卻能配合視覺適度的要求，使東京市容具雍容華貴的氣度，比之東亞地區大都會的街道，明亮而大方。而高聳大廈建築之美，亦與巴黎、紐約的建體相當，既健康又浪漫的美感油然而生。

日本國際化甚早，舉凡國際間最進步、最優秀的事物必定傾力學習。不論千年前向中國學習，近代向英、德、法學習，或百年來的美國文化等等，都可以在日本社會窺其奧祕。然而，日本人兢兢業業追求卓越，並非單一的模仿或學習，而是集其精英，造就優勢，所以不論物質建設，或精神文化，都有超凡的成就。譬如民生物項或文化表現，不僅是領引國際風潮，也擠入學術高點、經濟指數、生活水準、諾貝爾獎，處處都有顯著的成績。

或許日本有志之士，前仆後繼，對於強國富民教育不遺餘力。有人默默奉獻，有人不計得失，全心為大和民族盡心力，或許這是抱負、這是爭氣，事實上這是人的生存價值。

人為一口氣而活，也為生命價值而活。活著就是希望，而且希望又得在價值的肯定。日本人在大和民族的尊嚴下，有過爭功諉過的歷史，也經歷內憂外患的威脅，但武士道精神，表明了他們的志節，也以櫻花怒放飄揚現實的熱情。這是日本人的性格，也是他們的靈魂，是教育、自習的結果，更明確地鑲嵌出他們閃亮的光芒。但其原生處，是來自東方儒、道、釋精神的聚集？還是西方實證的科學精神呢？

4

實際走訪兩所著名的藝術學府，分別是日本女子美術大學、武藏野美術大學。前者已有百餘年校史，後者發展亦有八十

位於東京的日本女子美術大學校園一景

餘年。兩所大學均是日本的藝術教育中心，也是教育日本美感生活的基地。

日本女子美術大學，位處東京市與神奈川地方，除了研究所學生外，均為女性學生；校長是立石雅夫，也是著名的版畫家，而他的父親則是臺北早年提倡版畫教育的立石鐵臣先生，對臺灣的美術教育貢獻良多。在此不贅述學校規模大小，倒是在匆促的參訪中，從校園佈置、教學設備，都可看到美學環境與人文素養，在自然和風的氛圍下，教室、工作室或展示廳，均可看到應對進退的禮節，看到行禮九十度的鞠躬，彬彬有禮的態度，令人印象深刻。

外在形式的安置，可以顯現內容豐富的表現，日本生活風格是細膩、徹底在意的「面子」功夫，直接影響了對自然風景的品味，或是季節嬗遞的敏感，似乎是生命消長的滴答聲，卻又珍惜音節的流動。所以追求「為善者流芳百世」、「捨我利人可積德」的庭訓，由小而大、由近而遠，至少不能因自私而誤眾。

從教學態度上觀察，師道如振鐸，設帳引春風，在門牆桃李之間，有分青出於藍而勝於藍的奉獻。這情境喚回我深埋於心的憧憬，原本教育的本質，就是改變向善方向學習的執著，它的成效並不只是成天在喊教改就能決定的，而是教育方針是為了增進人類的幸福、發揮才華，以貢獻社會的理想，才是永不遷移的工作。

這所女子美術大學著重在生活美學與藝術產品的創作上，因此務實又受社會的肯定，臺灣阿嬤畫家——陳進的成就，也就是這所學校教育的成果。

另一所武藏野美術大學，亦具八十年歷史，畢業自這所學校的臺灣畫家也不少，尤其戰後大批的留學生曾在此就學。前來這裡的外籍學生，以中國大陸人數最多，其次是韓國，包括北韓，臺灣的留學生也不少，若不是有相當的校譽，負笈來此又是為何。由於這所學府在純藝術的創作上，有國際水準的表現，加上日本精神的挹注，及東方美學要素傾力相注，除了吸引鄰國藝術學習者的喜愛外，也有不少歐美學生來此沾雨。其中日本畫的講究「師造化，師我心」的環境佈置，使校園即花園，一花一葉，四時風情都可入畫；換言之，植木種花，除了美化環境外，都是素描寫生的最佳題材。

據引導參觀的理事長說，美術基礎是多媒體藝術創作的開始，千萬不要忽略寫實的基本功夫。另外值得誇譽的是在校園內竟然有五萬多件日本民藝品的收藏，比一般博物館的收藏還豐富。理事長說，它作為美術品創作的資源，是個歷史與民俗結合的見證，亦是學生參考的資料。誠然，羨慕之餘，我默默地沉思。

教育乃百年大業，非得在變與不變中拿捏得宜，才能使莘莘學子學有依，並且信仰不變價值的恆常，才能在時代變易中保持完善的學習目標。

人生苦短，但精神長存，日本的教育，似乎更貼近生活的本質，很真、很拼，也很堅持。在卓越的追求上，前仆後繼，為達到人類至高的理想，不計辛勞，往前衝去。我在兩所大學看到了上述的現象，不知能印證多少？

夜已深，窗外新宿的街燈依然閃爍，夜歸人明顯減少，但「有料」停車場，卻是人影幢幢。哦！新宿消費物價高居不下，「有料」滿城，使人感受到消費者付費的壓力，新宿「有料」，一點不虛偽。

約旦

河岸

1

對我來說，中東的阿拉伯國家，是令人好奇的地區。雖然多年前曾到沙烏地阿拉伯訪問，但在戒律甚嚴的國度，除了見聞一些新奇風俗外，對其生活習慣，並無機會有更多的理解。

終於有了再次探究的機會。此次應邀到約旦從事文化與教育的交流活動，該是再探異域文化的適當時機。

然而，約旦是否仍保持阿拉伯世界的風情，則是值得關心的。據說這個國家西化較早，因此，並沒有堅持過多的傳統。換言之，日常習慣已貼近歐美的禮俗，可稱得上是較開放的國家，只因為回教教規，不容過於浪漫，所以不論是自由民主，或是為商致富，日祈真主的賜福，是不曾間斷的。

這項跪地拜神省思的儀式，正是人性沉澱的推手，有立竿見影的功效。那遙遠的光點，因祈禱而發亮，那欲睡的草原，因祈求而青翠。天際鳥翔，晨曦山青，都是因祈禱聲喚回的嗎？

與巴林(Bahrain)相較，約旦的確是較開放的國家，除了維持回教禮儀與傳統外，更注重與世界文化的互動。我們體悟到這分神靈普照，即如逆陽葉影入紗窗，移動在風息陣陣的現實，說它是神旨、或者說是人情，不如視覺帶動的生命韻律，最能動人。

不管如何，眼前的城貌，滿是洋蔥式的頂樓，瀰漫著阿拉丁神燈式的神祕，或者說有點不真實的場景，隨著蒙臉的黑衣人在飄忽晃動。在阿拉伯的土地上，我見識到戒律與教養，也看到人性在現實中調適與那如風般順暢的流程。

2

為了文化交流活動，臺藝大四名教授應邀到安曼國家畫廊，舉辦東方水墨畫聯展。

這是不容易辦的工作，卻有著非常前瞻的意義。原因是約旦這個國家早期與臺灣的友誼至今猶在。當年萬人空巷，歡迎約旦國王胡笙的熱烈場面依稀浮現在腦海裡；其次是在現代國際交流中，約旦的開放是阿拉伯世界的前驅者，想了解回教文化，走訪約旦後，是可求得一些文化發展的蛛絲馬跡。

在交通並不發達的地方，我們帶著好奇的探究精神，輾轉在路途中，或閉目猜測約旦處在戰爭邊緣的種種，或思索這個國家的宗教信仰與資源，若能看到它的精髓所在，就能知道些許靈驗說是否與誠心祈禱有關。

因為天冷風勁，初抵安曼城，即遇北風呼呼，令人大生年老不經冷刺的感受，只求儘快躲進屋內。在匆促中將抵飯店門前，冷不防受到持槍安檢人員的阻擋，著實嚇了一跳，這舉動原是為預防恐怖活動。中東果真是戰火頻繁處啊！

此地傳來伊拉克熱戰消息，倉惶逃難的民眾，深受不少怨氣流闖，不論是哪一方的受難人員，處處是驚慌與血淚，雖然凡人終歸成為灰燼，但畢生辛勞且等待幸福的人，怎容倏然斷魂飄忽，於是不願、不甘、不得失去性命的爭鬥，就在你死我活之間重複出現。

至於有中東戰爭後院之稱的安曼，它的現況則彌漫著詭異與寂寥。

冷風仍然直襲過來，夕陽籠罩下的古城安曼，古老松林、高聳棕櫚，加上不知名的街樹，頗具城市映彩繪的姿容，令人不覺呼喚起神靈來。街的轉運隨著地勢的起伏蜿蜒到安曼河谷，密密麻麻的，除了有縝密的回式建築外，民居聚落縫隙，古羅馬建築遺跡，處處驚豔，圓頂、巨柱、拱門的氣勢，可以想像此地在羅馬時代的繁盛景象。

居民小心翼翼地維護著這些古蹟，數千年前的建築群像是以得以在山嶺、河岸、陡坡依序呈現層層不同風貌。參訪者必須花點時間才能欣賞到這些文化精華。

天色伴夕影，在燈火將燦亮之前，走訪民俗街，料是一件很暢意的事。前後數百公尺的商店中，有古老的手藝店，舉如皮鞋修補、鐵器鑄造、木裝家具，或手工藝品；也有傳統服裝，包含了宗教衣飾或婦女盛裝的佩飾，應有盡有。使人目不暇給。並在欣賞之餘，真想隨手帶件以為此行紀念，同行的朋友，更低頭在這些民俗商店尋覓些童玩，恰似老者赤子心。

畢竟是文化古國，居民舉手投足，依舊受宗教戒律影響。雖然約旦是回教世界

安曼羅馬古城遺址

中最開放的國度，一般婦女行走街道已不必黑巾罩頂，但展腰露臂的妙齡小姐，仍受旁人白眼，甚至有被糾正的可能。

他們堅持的教養，典雅風範，一如商街的買賣，在取捨之間，一股商議之情，尤其是對物品的不厭解釋，其風度亦令人感佩。

這一街坊，民生用品的交易是熱絡的，也是豐盛的，當晚禱聲響起，一群人朝向古清真寺膜拜，高聳入雲的塔層散發出青光，明潔耀眼，帶著晚歸的民眾，進入神靈與心靈的世界。

3

白天，那麼地陽光普照，偶而飄來少許雨，似甘霖的使人感覺清冷。但強光下的拱門照影，黑白光線分明，都呈幾何圖象，象徵著中東地區亮麗的天候與風情。

走入小巷，尋求屬於約旦的風格。人們姍姍打掃庭院，悠悠然地看著落葉。在這沙漠之沿，它仍然可帶來一分淺愁，雖然沒有一葉知秋的悲鳴，至少能拾綴久蟄未清的心情。那擾人的權力爭奪，何時休息！

不是很遠，我們夜進（未開門）一處畫廊，有一年輕人在開畫展，另室亦典存中東地區的畫作，看來水準很高，畫價卻不貴。除了約旦畫作具神祕感外，伊拉克的畫家，更有對於宗教與戰爭的感悟，很能表現此地的戰爭激發的社會意識。這種有血有淚有靈魂的畫作，值得收藏，也值得研究。

可惜路途遙遠，盤纏不足，只好神遊一番，並寄以祝福。想到藝術表現是社會意識的反映，有多少社會溫度，就應該有多少創作養分。或許中東的戰爭和族群衝突，在藝術品創作上，提供了很大的感染力。

安曼都會，不是短時間建造的。看到牆貌嶙峋，山岩崢嶸，就可體會這兒豔陽天、青翠地所織錦的過去；再從古羅馬遺跡佐證，可推知安曼早已是個有歷史、有氣質的都會。

有個羅馬遺跡博物館，雖然簡樸如許，但半身頭像，石質雕刻，都是希臘藝術的傳承，琉璃、手工藝與刻文重疊在歷史與生活的空間上。每一件物品都能證明數千年前的約旦，是人類移居的好地方，也是追求高水準生活的聖地。

即使當下安曼人的外貌，亦格外受到注目，中東人的特徵，大眼、碩健、開朗、熱情，而高鼻、大鬍亦處處可見；但另一種高大健壯，英姿挺拔，或深眼濃眉，是否與羅馬人有幾分神似？是否可以說他們的祖先，應該不少具有羅馬人的血緣？

安曼人優雅有禮、待人和善、注重家庭生活，連計程車的營運，前座亦請乘客入座，意思是你我一家人，而不只是做生意。坐前座的這項善意安排，雖然有些不習慣，但是這樣的禮遇，具體說明安曼人的友善本質。

此可印證於約旦國家博物館展出臺灣當代水墨畫展的開幕茶會。大批觀眾湧進觀賞畫作，其依序前進，靜默文雅的神情令人感動，包括王室公主，或文教名人，皆展現誠懇、小心翼翼的態度，若沒有良好的心性修養，是不可能做到這樣優美、高雅的。

猶記前約旦國王胡笙曾在文化事業上有過積極的建設，現任館長 Khalid Khreis 說，包括博物館、劇院等文化措施，胡笙國王引進西方營運方式，務期有效提供大眾對藝術生活的需要，使約旦古國亦能披上現代文明的美麗彩衣。難怪會場佈置高雅，民眾專注欣賞時，可以感受一股絕妙的氛圍。

據媒體引述觀眾的看法，推崇此次臺灣當代水墨畫展水準之高，是該館開館以來，最受歡迎的展覽之一；因此作了連續三天的大篇幅報導，除了陳士侯畫作受到讚賞外，涂燦琳、羅振賢、蕭進興，以及筆者，也都以不同的創作，展現了不同層次表現，深刻襯托出東方藝術的美妙處。

這項文化的交流，乃是臺灣生活藝

約旦公主（前排右二）參觀於安曼所舉行的臺灣當代水墨畫展

術的展現，籌備的過程卻遭遇到極大的困難，幸賴駐約旦代表處林處長等官員排除萬難，竭力籌畫，辛苦有加，使我們敬仰。

4

中東歷史輝煌燦爛，自美索不達米亞文明史上看，它是人類文化的光源，也是世界文明的開端。

兩河流域，至今潺潺水聲不斷，文化延綿留存。人類生活的讀本上多少文明的過程與故事，豐富而亮眼，那些織錦般的文明圖騰，匯集在此。令人印象最深刻的巴比倫空中花園，或是蘇美人的文化表現，都是人類文明史的光榮。然而，這樣的地方照理應有「野曠天低樹，江清月近人」的美色，然而景物依舊，但狼煙四起，灰泥佈滿在沙丘上，不知何時烽火能夠暫停？

到了約旦才知道伊拉克爭戰的複雜，不知是野心還是戰略，竟然成為恐怖陰影籠罩的地方。為了安全，我們住的旅館及公共場所的大門前都有黃色阻隔石橋道，並且入口處還有安全通關的搜身設置，使人出入倍覺不便，同時感受戰爭的氛圍，是那麼樣的令人阢隉不安。在大眾的印象裡，對生活倒沒有什麼影響，雖不至於無奈，但是社會動盪不安，又受戰亂威脅，生命何價？此時很容易使人感覺出它的不確定性。

「權慾埋烽火，入夢非妙境」，安曼城隨處有因戰爭流亡的人士或逃命求生的百姓，這種情況，看在藝術家眼中，形成了藝術家創作要素，在一種孤寂與閉鎖的畫風中，透露著不滿、無奈與抗議。畫面描繪，或哀號、或祈求的神態來自創作者的體悟與需要，並無關流派畫風。畫家關心社會的反映，是多麼強烈地表態，為何戰爭會在我們家園？在繁衍數千年的高度文明中，竟仍征戰不斷，難不成是神的旨意？

畫，的確表現了一切。中東嚴謹的風格，感人至深的是取材平實，畫作入情。或許不只是專業畫家，連業餘畫家都能在這些環境衝擊下作畫吧？比之武器於人性的矛盾，或比之動物的嘶鳴，槍砲、坦克、駱駝、馬騾，選擇哪一項呢？盡是戰爭的題材。這是伊拉克畫家的表現，強烈標示中東繪畫特質、風格，誰能了解他們所表現的藝術？以及活生生的創作原素所加之的時代意義？諸如此項藝術工作者的反思，應該還有許多的可能吧！

5

異域多奇景，聽聞不如眼見。

約旦古國，遺跡很多，雖沒有巴比倫聞名，卻也不遜色。例如與以色列相隔的死海，就有種種傳說，是文化源頭呢？還是天然奇景？海色深藍，水浪沖岩後的鹽白，直覺它的鹽分對環境該是個負擔，但接連在岸邊的水溪，竟然也種植出香蕉、蔬菜、蕃茄。這是約旦河岸吧？死海是它的匯集處嗎？數千年，或數萬年沒有出口，它可是造陸運動時，部分海涯被封閉所形成的嗎？總之，死海已成為觀光景點，也有很多的文化產業。參訪者如我，稍停步望遠，看著天然新奇，風波陣陣，灰煙濛濛，人生多舛，一種不確定的動盪心情又湧上心頭。

沿路綠景點點，掙扎在岩山上，看來有點兒與尚未溶解的沙岩作歲月競賽的況味。看來似乎透不過氣的高原土壤，竟然仍有人居住！水呢？食物的供應，難道還要從遠處運來，除了羊群閒散覓食外，全然看不到旺盛的生機。

冥想地層下，可能有石油吧，友人說約旦是中東產油最少之國，那麼，以什麼方式富國裕民呢？縱觀全境，自有不少的好奇處！

或許此地文明與豐富的歷史共在。當我們抵達世界文化遺產的玫瑰紅城——佩特拉 (Petra) 後，見識到約旦古國的淵源。此地乃是中東歷史最富有的商業都城，它地處東西交通樞紐，物質交

位於約旦的玫瑰紅城——佩特拉遺跡

易頻繁，人民生活富庶。更早於羅馬人的那巴堤人(Nabateam)在紀元前兩百年前，便在此地建城，掌握商集要道，以紅岩石造城，鑿屋立祠，至今仍可見建造城邦的藝術之美。民生所需的設施，宗教膜拜的寺廟，以及羅馬人的聚會所、雕像、劇場等等，甚至是軍事要塞，或接待外來旅人的場地，顯然在歲月蹉跎中模糊了稜角，也在人們記憶中逐漸淡忘，但在物化、風化的歷程上，仍然盪漾著昔日風華。

提供觀光客選用的驢子、馬群、駱駝，還有可能是那巴堤人、羅馬人的後裔，或此地的原住民，他們仍然勤奮地為客人服務。

悠悠白雲飄盪在山脊上，濛濛塵埃輕輕揚起，帶著憑弔古蹟的心緒，不知是真還是夢。若是緣起於文化工作者的機會，當亦有緣滅之時，還有第二次機遇到此嗎？無花果樹下，思緒乍回，沉心未燼，風沙飄忽，我拾幾粒碎石，握住的是殘殤，還是生命向晚？

6

冷風寒切，石街行人尚稀，清晨漫步在傾斜的行道上，身為異鄉客頗多感受。安曼這個地方，人傑地靈，曾是國際舞臺的首都，約旦國王胡笙與之相連，至今記憶如前，只是斯人已遠，有點兒蹣跚的搖晃，雖然街角尚立有胡笙國王與其繼位者並列之像，然往事如煙，當年雄風虎虎，國際聞名的約旦，何時再起烽煙，點燃著燦爛的火花？

中東戰爭未曾稍歇，宗教信仰難解現實，石油資源更是血淋淋的爭奪目標，何者為強，何者為弱，非來個高下比畫，哪能信服？就在這種誰為勝者的逐鹿中，幾世紀前的幾世紀戰爭迭起，不曾間斷，倘若能和平相望，就知道「山以虛而受，水以實而流」的道理。「爭」，徒增悲愁，也消耗清靜。

正是晨曦一抹映白壁，回教建築中的拱軒，有勤奮的麻雀啁啾在牆角；這些熟悉的鳴叫，使人想起家鄉秋收季節。麻雀跳躍醒我心，再怎樣的疲憊，踽踽在安曼街上尋個什麼的張望，頗覺孤獨苦澀。

這裡街樹倒是不少，看來不用登記號數，全都受到民眾的愛護，在這種坎坷環境中，幸運地成長。它回饋給民眾的是，在季節變化中，所扮演之春綠秋紅的角色，提供大眾舒坦的生活環境。

秋日豔陽，晴空無雲，一架戰鬥機掠過，機尾噴出之白煙如上弦月的弧度，映現著淡紫色的彩虹，真是個清秋季節，魂魄出竅般，使人看了好生驚異。

在戰爭烽火處，誰管良辰美景？誰能讚美秋興？有的只是蕭瑟枯葉，飛揚沙塵中，醉臥沙場，求個匍匐殘生吧！

或許如四季更替，枯榮自在；或許人生苦短，便當在欲望中，有個衡量。順境者不知逆旅辛酸，倒是斷崖枯枝，方能助人跌落。今早參訪尼波山 (Mount Nebo)，神跡處處，雖已殘破的教堂原地，仍然可以鑑別修道院落，包括山頂鑿井，橄欖樹青。據說聖者指向耶路撒冷，隔著死海，也能看到戈蘭高地，它的未來？

不知為了什麼，名利還是權位？難不成是神旨難違，非爭得你死我生，在神的家裡，常是寬恕與包容；這裡是摩西教堂，誠如摩西的故事，不也值得一思？

在這個深秋冷風裡，遊客步履蹣跚，並不計量行程緊迫辛苦，恰似修道者從容看著塵土飛揚，或拾起一片時間的葉片，看看還有哪些可感圖象。

站在這尼波山頂上，有風，有沙，還有祈禱，為燕子！小心翼翼地記著關懷的眼神，求得平穩康寧。

7

巴林這個國家，地處阿拉伯海中間。據說是中東地區最早發現石油的地方。之後，才陸續在其他國家積極開採油礦，所以它是富有的，也是較開放的阿拉伯國家。

人口不及百萬，土地面積不大，現有一條跨海到沙烏地阿拉伯的道路，交通算來通暢。

由於經濟良好，教育普及，所以文化事業相對興盛。博物館、美術館質量均有很高的水準。除觀光客湧進觀賞外，本地居民亦習慣在美感環境中培養視覺經驗，此情況也帶動巴林的人文建設。好比建築在海島上，街樹與空間的搭配，嚴格要求空間的設計；屋內亦採挑高之建造，使住家明朗舒暢；室內擺設分佈，小採簡單明確的色澤與家具，極具西方開發國家風格，甚至越過物質性的信仰，而朝向務實與意象的追求。

我們一群藝術創作者，到巴林展現以臺灣現代水墨畫為主軸的藝術展，均強調人性的哲思與禪意，相當受到此地民眾的注意。就海島性的信仰與文明，臺灣更能引領出文化發展的意涵，也對巴林精神文明的肯定與開發，具有強化

巴林的清真寺

的作用。

然而，當旭日東昇，水浪映晨光，開始一天的生活時，祈禱儀式莊嚴，帶動的民眾一呼百應，信仰就是此地建設的力量。看似填土造屋，新街舊鄰，連綿不斷；加上水天一色，藍青帶紫，不知是實況還是影像造境。尤其從薄霧中看到穿著白色長袍包著頭巾的民眾，飄飄然有如人間仙境。

人靜因教養，物美受歡嘗。雖然巴林的物質產業，未必是國際中最受注目的，然其觀光事業與文化創意不斷加深，卻也受到回教國家的支持。也因此巴林的民眾享有國際文明的待遇，也是調和東西方文化的地方。

比之臺灣，巴林土地面積是臺灣的三分之一，人口卻僅有七十餘萬。我們在市中心參訪，直覺上人口數量不僅如此，友人說的確超出很多，除了外勞有十幾萬人外，從跨海大橋直接來此度假的沙國人，數量亦不在少數，尤其週末或假日，沙國人都會到巴林解放一些被禁錮的心靈。

當然，巴林是中東富有的國家，也是金融中心，商旅不絕於途，帶動了商機、帶動了學習。相對的，教育、文化措施也增強了。

然而，物質建設的持續，可說是這個島國的特色；吊車、怪手、鋼架成為網狀景觀，所使用的金屬用品更是供不應求。怪不得國際鋼鐵價猛漲，連臺灣都隨之受惠，惟思及寶島停滯在歇斯底里的政爭中，令人嘆息不已。

我們的水墨畫展覽，在駐外人員的協助下，受到熱烈歡迎，或許為巴林文化界帶來些許喜悅之情；只是不知巴林人是否真正能欣賞水墨畫創作，或了解來自臺灣的藝術表現？不免在心中有些懸疑。

好在異域情調，自然是新奇香幽，據說巴林人亦頗有禪境高情的抽象思維，對於本源於東方藝術的「有、無」，亦能感悟再三。所以他們對於臺灣水墨畫的表現，必然在展現形色中，能夠感受到一種神祕的美感。

世紀文庫

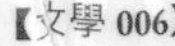
【文學006】

口袋裡的糖果樹　　楊　明　著

美食和愛情有許多相通之處，從挑選材料、掌握火候到搭配，每個步驟都必須謹慎，才能得到滿意的結果。相較於料理可以輕易分辨酸甜苦辣，愛情卻常常曖昧不明。《口袋裡的糖果樹》宛如一道耐人尋味的料理，悠遊在情愛難以捉摸的國度裡，時而甜，時而酸，只有認真品味過的人，才知道箇中滋味。

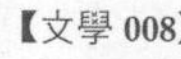
【文學008】

太平洋探戈　　嚴歌苓　著

●中國時報開卷書評推薦

兩部主題、時空迴異的中篇小說構成了本書，「錯過」是它們共同的主旋律。錯過之前，必先相遇；這相遇可能僅是瞬間，但瞬間可以成為永恆。無論是為了自由而相遇的羅杰與毛丫，或是因為避難而相遇的書娟與玉墨，就在這相遇一錯過之間完成了他們人生的劇本大綱……

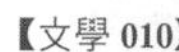
【文學010】

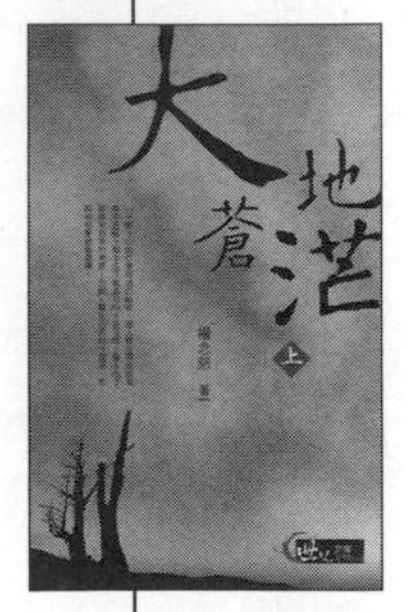

大地蒼茫（二冊）　　楊念慈　著

睽違二十多年，資深作家楊念慈，繼《黑牛與白蛇》、《廢園舊事》等作品之後，又一部長篇鉅著——《大地蒼茫》終於問世！山東遼闊蒼鬱的故事背景、粗獷樸實的人物性格，在作家的妙筆下栩栩如生。凝神細讀，將不知不覺走入那段驚心動魄的烽火歲月。

【文學013】

文字結巢　　陳義芝　著

很少有人同時是作家、大報副刊主編、又是大學教授，具備最開闊的文學視野。很少有人能將文學源流、創作方法，娓娓清晰地表達，展露一個老文學青年最深情的眼光。很少有人願意用淺顯的文字、自己親歷的指標性情境，指引年輕一代如何閱讀文學。《文字結巢》是這樣一本具有視野與深情的書！

國家圖書館出版品預行編目資料

客路相逢 / 黃光男著. -- 初版一刷. -- 臺北市：三民，2007
面； 公分. -- (世紀文庫:文學012)

ISBN 978-957-14-4666-0 (平裝)

855　　96001475

© 客路相逢

著作人	黃光男
總策劃	林黛嫚
責任編輯	郭美鈞
美術設計	李唯綸
發行人	劉振強
發行所	三民書局股份有限公司 地址　臺北市復興北路386號 電話　(02)25006600 郵撥帳號　0009998-5
門市部	（復北店）臺北市復興北路386號 （重南店）臺北市重慶南路一段61號
出版日期	初版一刷　2007年1月
編號	S 857070
基本定價	參元陸角

行政院新聞局登記證局版臺業字第〇二〇〇號

ISBN 978-957-14-4666-0 (平裝)